边地

粉红椋鸟

李桥江◎著

新疆美术摄影出版社
新疆电子音像出版社

图书在版编目(CIP)数据

粉红椋鸟 / 李桥江著. -- 乌鲁木齐：新疆美术摄
影出版社：新疆电子音像出版社, 2012.10
（边地人文地理报告）
ISBN 978-7-5469-2212-6

Ⅰ. ①粉… Ⅱ. ①李… Ⅲ. ①游记–作品集–中国–
当代 Ⅳ. ①I267.4

中国版本图书馆 CIP 数据核字(2012)第 248714 号

粉红椋鸟

作　　者	李桥江	
责任编辑	栾　蕾	
制　　作	乌鲁木齐标杆集印务有限公司	
出版发行	新疆美术摄影出版社	
	新疆电子音像出版社	
地　　址	乌鲁木齐市经济技术开发区科技园路7号	
邮　　编	830011	
印　　刷	北京华宇信诺印刷有限公司	
开　　本	787 mm×1 092 mm　　1/16	
印　　张	15.5	
字　　数	125 千字	
版　　次	2013 年 3 月第 1 版	
印　　次	2013 年 3 月第 1 次印刷	
书　　号	ISBN 978-7-5469-2212-6	
定　　价	36.00 元	

　　本社出版物均在淘宝网店：新疆旅游书店(http://xjdzyx.taobao.
com)有售，欢迎广大读者通过网上书店购买。

目　录

1

与狼共舞

波拉提是托里县库甫乡也木奇克村人。据说,他不仅年年打狼、掏狼窝、养狼,而且懂得狼的语言。他的枪法非常好,百米之内,可以精确的击中嘎嘎鸡的脑袋,他甚至可以徒手擒获一只凶猛的公狼。2月26日,我在托里县采访了这位颇有传奇色彩的猎人。

子承父业

游牧生活的特殊性,决定了这种生产方式面临的挑战更多来自于自然。波拉提的父亲海拉提曾经是草原上有名的猎人,1952年以前,海拉提基本上是专职猎人,他狩猎食草动物作为自己家的肉食来源,打狼则是为牧民除害。

波拉提13岁的时候,从父亲那里学会了一个猎人必须掌握的技能:用火柴头当火药填充子弹技术。

填充子弹是一项需要耐心,而且有一定危险的工作。先把火柴头上的火药抠下来,碾成粉末,然后,装进空弹壳,用铅块封住弹孔,子弹就做好了。使用的时候在底火部位同样塞上火柴头做的底火,子弹就能上枪膛使用了。制作子弹的关键的是掌握火药量的多少。火药量往往根据狩猎动物的大小而定。这种子弹在百米之内,效果几乎与制式子弹相当,超过这个范围就大打折扣了。猎人自制的子弹发射之后,会发出尖利的"飕飕"声。狩猎季节,荒野中的这种声响,在一定程度上还代表一个真正猎人的身份。业余猎人是不会制作子弹的,也不可能冒着严寒在远离人间烟火的雪原上狩猎。

这年5月中旬的一天早晨,一个刚搬到纳仁苏的牧民匆匆忙忙地来向海拉提汇报情况。早晨他的羊群莫名其妙的受到惊吓,牧民怀疑附近有狼出没。海拉提立即带着几个牧民和波拉提来到纳仁苏。找了大半天,由于牧草已经返青,地表干了,他们没有发现任何狼的踪迹。报信的牧民觉得自己大惊小怪了,招呼大家进毡房喝茶。海拉提确信这一带有狼窝,可是没有找到狼窝也不好说什么。

大人们先后进毡房聊天休息了,波拉提不甘心地继续在牧民毡房附近继续寻找。他经常听父亲讲狼的故事,记不清有多少次父亲将猎杀的大狼以及抓的小狼带回毡房。这种经历培养了他对父亲的崇拜。既然父亲说这里有狼窝,那么肯定不会错。

波拉提来到一块大石头前,他围着石头转了一圈,感觉石头下面可能有什么东西。他在石头向洼处倾斜的部位伏下身子,一个非常隐秘的洞口出现了,洞口处还有残存的骨头。

几分钟后,人们将狼洞围了起来。狼窝的洞口很小,大人根本钻不进去。父亲说白天老狼一般躲在离窝数百米外的高地上监视情况,不在洞里,鼓励波拉提钻洞掏狼崽。波拉提打着手电,没有几下就钻到 3 米多深的狼洞洞底。让人不可思议的是,从牧民发现羊群受惊,到波拉提钻进狼窝这段时间,狼窝四周几乎就没有离开过人,老狼竟然把孩子搬走了。海拉提算计着时间,肯定它们跑不远。人们迅速四散开来,寻找小狼可能的藏身之地。在 400 米外的一条沟里,波拉提果然找到了一只眼睛还没有睁开的小狼,随即人们发现了另一只躲在草丛里的小狼。

狼的语言

在人的心目中,狼嚎无疑是让人闻之胆寒的。即使人类最忠实的朋友狗单独在草原上听到狼嚎,也会胆战心惊,恨不得找个地洞躲藏起来。牛羊听到狼嚎,往往像被施了定身法一样,哆嗦着呆立在原地,个别胆小的绵羊听到狼嚎,心脏会骤然停止跳动,一命呜呼。

波拉提很小的时候就听草原上的牧民说父亲懂狼的语言,他也见过父亲将双手拢在嘴上,发出不同的呜呜声的情景。波拉提出于好奇,跟着父亲慢慢学会了狼叫。狼的嚎叫并不是简单的宣泄,而是它们的语言。

游荡在托里县草原上的狼,每年12月进入发情期,公狼之间经过激烈的比拼,在1月5日之前与自己的新娘在荒原上举行婚礼,4月15日准时产下首只狼崽。母狼产子一般需要三天时间,一窝狼崽多的有11只,少的有4只。发情期间的公狼就像疯狗一样在草原上到处乱窜,它们生理上勃发的对性的渴望,使得所有的公狼在发情期间都变成了胆大妄为的狂徒。除了母狼之外,它们似乎对一切生命都充满仇恨,遇到羊群,公狼会毫不犹豫地冲进羊群,杀死所有挡在前面的羊。遇到独行的人,狼也会主动发起进攻。

发情期的公狼固然凶猛,也是它们行踪频繁暴露的时候。有经验的猎人,恰恰抓住了公狼为寻找母狼,丧失理智的12月,对狼痛下杀手,何况这时的狼皮也是最厚实漂亮的时节。大约从10岁开始,波拉提就跟着海拉提漫山遍野的寻找猎物,波拉提14岁时单独猎杀了一只黄羊,第二年打死了一头马鹿,18 岁那年冬天，他就在纳仁苏干掉了一只体重在 50 千克以上的公狼。

爱情的代价

纳仁苏是喀拉乔克山区唯一的一条河流，这里地形复杂,沟谷纵横。每年深秋季节牧民相继转入冬牧场,野茫茫的纳仁苏一带就成了狼的世界。老海拉提本来计划好了带波拉提去纳仁苏打狼,不凑巧,十余千米外的一家牧民家冬宰,邀请老海拉提。他只好放下打猎的事情,独自去参加冬宰活动。

这回波拉提有机会实施自己的计划了。他翻出父亲打猎时套在头上的白布头套,在镜子前仔细地观察了一会儿自己的模样。头套大小正合适,如果潜伏在雪地上,完全可以骗过最狡猾的老狼,波拉提则可以通过头套上留出的两个眼睛大小的孔，清晰的观察到出现在视野中的猎物。随后,他检查了挂在墙上的半自动步枪。半下午时,他穿上皮大衣,骑上自己的坐骑,半小时以后,波拉提隐藏好坐骑,潜伏在纳仁苏河边上一条雪埂后面。现在他要做的就是准确的模仿公狼的嚎叫。

"呜呜——呜呜——"凄厉的狼嚎鼓荡着空气,在寒冷的雪地上一波一波的飘向远方。波拉提首先学的是公狼讨好母狼的叫声,他的叫声可以传播到方圆三千米远的地方。随后,他又捏着嗓子换了一种声调,回应着刚才的叫声学者母狼"呜呜——呜呜——"继续叫着。波拉提的声音所能到达的地方只要有公狼活动,没有不被这种充满挑逗性的狼的对话吸引,从而加入到对母狼的争夺之中的。

波拉提调整好步枪,耐心地等待着公狼的光临。20分钟过去了,波拉提轻轻的活动活动有些僵硬的手指。5分钟又过去了,夕阳在起伏不定的雪地上投下重重阴影,彻骨的严寒笼罩着寂静的雪原,大地仿佛被世界遗忘了一般,陷入一种绝望的蛮荒和神秘之中。

5分钟又过去了,波拉提有些失望,他悄悄地侧过头,逆着西沉的太阳望了望白茫茫的纳仁苏河滩西面,被河水冲刷形成的陡峭的河岸。波拉提突然发现光影中似乎有什么东西在晃动。他不动声色的把头埋进雪中,只露出头套上两个眼睛的部位,调整好步枪,观察着远处的影子。

一只健壮的公狼出现在 500 米开外仁苏河岸边的高地。公狼仰起粗壮的脖子在空气中嗅着,接着,一闪身,公狼跳进已经封冻的纳仁苏河床……400 米,300 米,没有等公狼察觉空气中的异常气味,波拉提的步枪响了。可怜的公狼为自己的痴情,付出了生命。

狼 之 情

有一年春天,转场进行的非常顺利,畜群抵达春牧场以后,随之而来的接羔工作也完成了。潜伏在波拉提心底的狩猎欲望复活了。五月中旬的一个凌晨,波拉提带着儿子小海拉提在自己草场西面的沙孜草原寻找狼。

凌晨四点,波拉提和小海拉提骑摩托车抵达了预定目的地,他们选择了一个地势较高的丘陵,居高临下的等待着狼。天快亮的时候,淅沥淅沥地下起雨。又冷又饿的波拉提产生了退意,看看儿子精神头正足,波拉提也没好说什么。他嘱咐儿子注意观察,自己则裹上皮大衣歪倒在草地上睡了。

波拉提刚迷糊了一会儿,儿子突然轻轻地推着波拉提说:"爸爸,爸爸,来了一只狐狸,后面好像还带着几只娃子。"

波拉提架起望远镜一看,乐了。一只母狼后面跟着六只狼崽子,排着歪歪扭扭的队列,从不远处的丘陵向宽阔平坦的草原腹地迁徙。

波拉提让儿子骑摩托车截断狼的退路,自己则骑着摩托车从正面堵截。小海拉提很快出现在狼的背后,慌不择路的母狼还没有来得及反应,迎面又于波拉提相遇。从母狼那里继承而来得对人的恐惧,则让六只小狼如同炸了窝一样四散而逃。

波拉提的枪已经瞄准了母狼。此时，波拉提突然看到母狼腹部膨胀的乳房，他犹豫了。刹那间母狼张着大嘴扑向小海拉提。突如其来的变故震惊了波拉提和小海拉提，没等两个人回过神，母狼在小海拉提脚下的草丛中叼起一只小狼，转身就向草原深处狂奔而去。

波拉提轰着油门紧追不舍的尾随着母狼，小海拉提将逮住的两只小狼捆绑结实，放在原地的一个小坑里，也骑着摩托车紧随其后跟了上来。追赶了不到一千米，波拉提的摩托车几乎就与母狼平行而行了。母狼奔跑得很吃力，随着母狼剧烈的喘息，叼着小狼的母狼口中向外喷射着白色的涎水。波拉提一只手驾驶着摩托，一只手端起枪，他想一枪解决了母狼完事。转念一想，中弹的母狼可能会护疼，不小心咬死叼在嘴里的小狼，何况母狼已经撑不了多久了，索性大小一起活捉。

追了几百米，母狼向前奋力一跳，窜进一块洼地的，然后，上气不接下气的喘着，掉过头来迎着数米之外的波拉提。它口中依然叼着它的孩子。母狼的举动让波拉提有些不知所措。这是一种危险的对峙，尽管母狼已经筋疲力尽，但是，它并没有失去抵抗力，母狼随时可能反戈一击，咬断人的脖子。波拉提一手扶着摩托车，一手端着步枪。猛然间母狼抬起头来,它瞪着血红的眼睛看了波拉提一眼,低下头,向后蹲坐下去。

狼向来不敢与人类对视,母狼这个举动让波拉提大吃一惊。母狼剧烈地喘息着,口中含着的小狼完全被它喷出的涎水打湿。波拉提又看到母狼膨胀的乳房,它们向外淌着奶水。奶水濡湿了母狼的腹部。几十年间,曾经猎杀过上百只狼的波拉提,盯着低头蹲坐在洼地中央的母狼,母狼口里叼着的小狼。他无法扣动扳机。他不忍心杀死面前这只为了孩子,宁肯放弃生命的母狼。

母狼依然低着头蹲坐在原地,母狼的身体随着剧烈的喘息,不停地颤抖。它甚至连保持坐立的力气都没有了,母狼却没有倒下去。它口中叼着的孩子支撑着母狼,以一种反常的举动对抗着波拉提。

尾随而至的小海拉提招呼波拉提赶快开枪。

波拉提恼怒地看了一眼儿子,然后,指着母狼说:"它有孩子,我也有孩子。"

波拉提放过了这只母狼。

狼崽子

狼即是草原上魔鬼的化身,也是力量、勇敢、智慧的象征。在久远的年代，狼追随着野生动物的迁徙而迁徙，并且根据食物的多少来调配自己的生育数量。游牧民族师法自然，一年四季驱赶着驯化的食草动物周而复始的迁徙，他们观察着野生黄羊、山羊、马鹿等动物的发情时间，控制着畜群的交配和生产日期。

除了猎杀大狼，波拉提最拿手的就是春天掏狼窝，他一窝最多曾经掏过 11 只狼娃子，饲养成功 6 只狼崽子。

早春三月，喀拉乔克冬牧场的牧民准备转场了，此时，狼已经提前返回了春秋牧场所在地，它们得赶在大量牲畜进入春秋牧场之前，选好生产的家以及防范危险的后备藏身所在地。

正常年份，母狼刚刚抵达春牧场，波拉提独自骑着马也尾随而至了。一般情况下，波拉提在春秋牧场丘陵地带寻找 10 天时间，至少可以确定一窝以上狼的生产地。

波拉提是根据狼寻找食物时留在泥水中的痕迹，通过辨认母狼的脚印和行走方向，以及在附近的出现频率来判断狼窝的方位和远近的。当然这其中还有一系列具体问题，比如地形和天气。如果山上的积雪融化得快，狼会选择海拔较高人迹罕至的地方落脚，反之则在海拔较低的地方寻找未来的家；狼很少自己动手建设狼窝，它们惯常的方法是靠武力占据狐狸、獾等动物的巢穴。即使确定了狼窝的位置，波拉提也得提防惊动狡猾的狼，母狼一旦怀疑自己的窝可能被人类发现，立即就会放弃，另外寻找新的落脚点。

三月对于准备产仔的母狼而言是一种生存考验，对尾随而至的猎人同样是一个历练胆识的过程。波拉提虽然胆大，但是，面对空荡荡的山谷，没有任何生命迹象的旷野，他免不了会想起一些精灵古怪的事情。这时候人对狼的本能恐惧，完全被另一种东西代替。

波拉提期望发现最新的狼的痕迹，因为，找到狼的痕迹，也就证明了在这个世界，还有其他生命。这时狩猎降到次要位置，猎人需要通过发现狼的存在，证实自己的存在。

幸好多年与狼打交道，波拉提总是能够找到母狼留下的最新痕迹，并且在距离狼窝数百米之外，准确地圈定狼窝子的方位，然后，悄悄地离开，耐心的等到 4 月 20 日母狼产崽以后直接来掏狼窝。

狼的成长

有一年初夏时节，波拉提和村里的其他四家牧民准备迁往夏牧场，这天晚上有家牧民的狗群叫了一夜，天亮后，牧民在烧饭的灰烬上发现了狼留下的印记，奇怪的是进入羊群的狼并没吃羊。牧民把情况告诉了波拉提。波拉提仔细查看了狼的痕迹，他认为夜里进入羊圈的狼，唯一的可能就是来自30千米外冬牧场的母狼，至于母狼为什么没有吃羊波拉提也觉得纳闷。牧民对波拉提的判断表示怀疑。波拉提邀请他一起回冬牧场查看情况。两人换上快马，三小时之后就进入了喀拉乔克冬牧场地界。

不远处的山梁上，一只灰黄色的狗带着一只红色的羊羔子，向山背后不紧不慢的小跑着。这种情况在牧区并不奇怪，在荒无人烟的地方，出生不久的羊羔子、牛犊子、马娃子等小生命，一旦与它们的妈妈失散，它们将追随可能遇到的任何生命，以求得安全保护。不过，让波拉提不解的是，冬牧场的牧民一个多月前就搬走了，这里怎么可能有牧民？既然没有牧民怎么会出现狗和羊羔子呢？

转眼间，狗和羊羔子隐没在山后。波拉提和那个牧民登上山梁，全然不见狗和羊羔的踪影。他们找遍了那只带着羊羔的狗可能抵达的沟壑。但空旷的冬牧场上，除了返青的野草，牧民迁徙之后留下的空房，草丛里偶尔窜出的一两只惊慌失措的野兔之外，他们什么也没有发现。百思不得其解波拉提，登上一座高大的丘陵，期望登高望远，发现这家神秘的牧民烧火做饭的炊烟。杳无人烟的冬牧场还是让他们失望了。

同行的牧民害怕了,他惊恐的对波拉提说:可能遇到鬼了。

波拉提听老人们说过草原上发生的怪事,他自己也曾经在冬夜里迷失过方向,在一个小小的山间盆地,耗费了一个晚上时间,直到天亮才走出来。同伴说到鬼,波拉提心里免不了有些犯嘀咕。不过,波拉提不信邪,多年狩猎经历,他对草原上一草一木,甚至这里的每一块石头都太熟悉了。明明看到带着羊羔子的狗,它们还能钻到地洞里?怎么可能出现这样的怪事呢?

波拉提鼓励同伴再找一找,他们小心翼翼走进一条狭窄的山谷。眼前的一幕令人吃惊,一只老狼卧在旁边,一群小狼正围着羊羔子撕扯。波拉提抬手一枪击毙了老狼,小狼四散而逃。小羊羔浑身湿淋淋的愣头愣脑的站在原地发呆。他们顾不得抓狼娃子,首先检查了羊羔子的身体情况。波拉提惊讶了,尽管一窝小狼围着羊羔子撕扯,羊羔子却没有受到伤害。最不可思议的是羊羔子身上的印记,竟是同行的牧民家牲畜的印记。

谁敢相信一只母狼跑 30 多千米路,闯进羊群,只带回来一只羊羔子,让小狼练习猎杀羊的本领。狼不仅仅只是有血有肉的生命,它们还有和人类一样的情感和智慧。

声东击西

2005 年 3 月中旬，波拉提家东面 20 余千米的草原上突然传出狼袭击羊群的消息，听到这件事，波拉提激动了。自从去年草原上拉起保护草场的铁丝网围栏，喀拉乔克冬牧场已经一年多没有狼的音信了。对于一个经验丰富的猎人来说，没有狼的消息无疑是一件很郁闷的事情。波拉提虽然是个牧民，但是，多年与狼打交道的经历，波拉提骨子里已经产生了蜕变。其他牧民听到狼的消息首先想到自我保护，而波拉提考虑的却是如何抓住狼。他对狼的了解丝毫也不亚于对牲畜熟悉的程度，他渴望与狼对决，最终战胜狼的感觉。他对狼的到来充满了期待和难于言表的喜悦。按照波拉提对狼的了解，狼在这个季节还没有离开冬牧场，说明这是一只母狼。母狼留下的原因再明白不过了——在冬牧场下狼娃子。

进入 4 月，猖獗一时的狼害突然销声匿迹了，波拉提立即开车到发生狼害的区域走访了几户牧民。其中一个牧民高兴地对波拉提说：狼搬家了。我们现在不害怕了。波拉提仔细查看了附近的地形，意味深长对这位牧民说："不一定。"

4 月 20 号，冬牧场西面 30 多千米人畜相对稠密的平原草原上,再次传来狼进羊群的消息。听到这个消息波拉提呵呵大笑起来:喀拉乔克山区果然有狼窝。

随后几天,波拉提开着吉普车在喀拉乔克冬牧场边缘荒凉的山区寻找着狼的踪迹。第四天傍晚,波拉提在一簇芨芨草丛中发现了一公一母两只出生十天左右的狼崽子。波拉提清楚,为了迷惑人类,保护自己的后代,狼根本不会袭击洞穴附近的牲畜。狼声东击西之计,可以欺骗普通牧民,却逃不过猎人的眼睛。至于这两只还不会行走的狼崽子怎么跑到了草丛里,不外乎有人无意间的接近了狼窝,惊动了老狼。藏在草丛里的小狼不过是老狼在搬家的过程中,偶然被波拉提发现了而已。

两只狼崽子的到来,给波拉提家带来莫大的欢乐,却给牲畜带来了意想不到的恐慌。牛羊马在恐惧之余,总想乘这两个魔鬼尚且年幼,弄死它们。尤其是那头奶牛,有事没事的就在屋门前晃悠,时不时扭动着犄角,鼻子里喷着粗气挑衅小狼。奶牛大概知道主人是在用它的奶喂小狼,因此显得异常愤怒。出于妒忌和不理解,波拉提的几只牧羊犬成天围在主人面前,忧心重重地哼唧,用叫声表示对波拉提的不满。

波拉提和妻子阿依古丽一边照看着小狼,一边设法让家畜适应小狼的存在,当然也包括让小狼适应新的环境。几天后,两只小狼适应新环境。表面上,家畜似乎也容忍了与魔鬼共存的生活。波拉提家转入夏牧场之前，两只小狼中的公狼突然离奇地死了。波拉提怀疑是那头奶牛干的，转念一想，即使真的是奶牛所为，又能怎么样呢？波拉提和老婆只好寸步不离地看紧小母狼。小母狼非常聪明，它知道牲畜对自己不怀好意，除了跑前跑后跟着波拉提在门前的草地上玩耍，追着波拉提的老婆屋里屋外瞎忙乎之外，从来不会单独出门活动。

狼 之 吻

波拉提还掌握了狼的一些奇怪行为。狼在发起进攻之前，如果嘴没有张开，即使冲进羊群，狼也只能像醉汉一样，一路撞倒一片羊，径直冲出羊群，伤害不了任何羊的生命。

有一年，狼袭击公社的羊群的时候，就发生了这样的怪事。当时，有些牧民说这是社会主义的羊群用大无畏的革命精神战胜了凶恶的狼。波拉提弄不明白精神怎么能打败狼。他问父亲，父亲含含糊糊也说不清楚。后来，波拉提意识到并不是羊的精神战胜了狼，这不过是狼的一种生理表现而已。

狼的这种奇怪表现，就像人类社会的气功一样。气功师在没有发功的时候，与常人没有什么区别，一旦发功了，气功师就能做出一系列让人瞠目结舌的事。气功师一旦走火入魔情况则相反。波拉提认为,狼在进攻前也需要运功的过程。在某些特殊情况下,由于运功不到位,就会发生狼进羊群却无法伤害羊的情况。如果狼在发动攻击前运功到位,对于羊群来说结局则是一场灾难。

波拉提目睹过一只公狼冲进羊群的情景。那天天气很好,草原上一丝风都没有。突然,不知从那里窜出一只像种公羊大小的公狼。公狼跳进羊群,转眼间就撂倒一只绵羊,数分钟时间就啃光了一条羊腿,然后,豁开羊肚子,吞了几口羊内脏。这会儿羊群仿佛回过神来,但是,已经晚了。公狼绕着羊群跑了一圈,整个羊群顿时如被施了魔法,凝固在原地,成为一群任狼宰割的羔羊。

狼冲进入羊群之后,力量之大是出人意料的,它能够将重达80千克以上的羯羊,连拉带甩抛出三米开外,而羊群面对狼如此威猛的攻击,不吓得魂飞魄散才是怪事。

巴尔鲁克山野生动物秘籍

新春时节，我在巴尔鲁克山前山区采访，偶然遇到一个叫关世富的当地农民，他喜欢登山。闲聊过程中，他谈起巴尔鲁克山野生动物的情况，这让我联想到我在巴尔鲁克山经历的事情，我突然意识到，近年来，我一直关注的巴尔鲁克山，不仅是一个植物的世界，它还是一个野生动物的天堂。

马鹿的影子

新疆地处欧亚大陆交汇处，植物种类特殊，尤其是巴尔鲁克山，由于毗邻哈萨克斯坦阿拉湖，迎风坡面降水丰沛，植物种类呈现出典型的既有欧亚区植物特征，又有东洋区植物特征的庞杂性。丰富的植物种类，为各类野生动物提供了得天独厚的栖息环境，其中，马鹿就是巴尔鲁克山数量最多的大型动物之一。

关世富说，巴尔鲁克山区 AAA 级景区塔斯提河谷没有开发之前，一直是马鹿冬季集中栖息地之一，同时，还是马鹿产仔的主要区域。1990 年前后，早春季节进山游玩，往往可以遇到成堆的马鹿角。六月中旬上山，时常可以发现躲藏在草丛中的小鹿。关世富还记得有一年，当地公安部门抓获了几个偷猎者，其中，有个偷猎者一上午就打死了 60 多头马鹿。2001 年，裕民县开始开发塔斯提河谷搞旅游，马鹿的栖息地转移到了深山区域。不过，现在每到冬季，塔斯提河谷人员下山之后，有些马鹿偶尔还会光顾这里。

我唯一一次见到野生马鹿是在塔斯提河谷，时间是 2002 年夏天，那时塔斯提河谷的旅游尚处在开发初期。

我早晨有早起的习惯。头一次夜宿野茫茫的塔斯提河谷，我自然不会错过早起观赏巴尔鲁克山风光的机会。大山里的空气非常好，在阳光的照射下，绿油油的植物，水灵灵的山花，甚至包括空气似乎都具备了发光的物质。我沿着塔斯提河边的牧道向河谷上游走去。走着走着，我感觉河谷上方的山坡上有些异常，我担心遇到棕熊等猛兽，抬头却发现几头马鹿正在灌木丛中觅食。几乎就在同时，马鹿也发现了我。这几头马鹿一跃而起，眨眼间，跳上山梁消失的无影无踪。

据说,20世纪90年代中期,塔城地区动物保护部门曾经作过调查,栖息在巴尔鲁克山区的马鹿数量在3000头以上。

盘羊世界

盘羊在巴尔鲁克山区一般被称为大头羊。当地人熟悉盘羊的另一个原因是,大名鼎鼎的巴什拜羊就是野生盘羊和当地土种绵羊杂交,诞生的优良品种羊。

绵羊给人的印象,正所谓一个"绵"字而已,包括巴什拜羊在内,它虽然拥有野生盘羊的血脉,却没有继承其父辈的阳刚威猛。

大概在2003年前后,巴尔鲁克山东麓的托里县曾经发生了一起,圈养盘羊脱逃的事情,盘羊被重新抓回来之后,我见识了这头健壮的雄盘羊的威仪。盘羊有着羊的名字,但是,其性情与绵羊相比却完全是两码事,体型也明显大于人类饲养的绵羊品种。

当时,这头盘羊被关在一砖房内,它给我的第一感觉是,这个家伙简直就是力量和速度的完美结合体。

这头盘羊是牧民在巴尔鲁克山拣到的。当时,盘羊还是一头受伤的半大羊娃子,好心的牧民将其送到托里县林业部门。在相关人员的照料下,盘羊的伤势很快痊愈了。又过了几个月,盘羊长成了一头健壮的公羊。饲养人员考虑到盘羊长大了,该换个宽敞的地方,谁也没有料到,乘饲养员疏忽的空隙,盘羊冲开围栏,径直向着远方的巴尔鲁克山狂奔而去。

饲养人员拦了一辆汽车紧追而去,并且通知了相关部门。于是,荒原上出现了一幕有趣的汽车追赶盘羊的场景。幸好另一辆车及时赶了上来,经过十几千米的前堵后追,直到盘羊钻进一家牧民的羊圈,人们才逮住了这个家伙。

按照常规,经过人工饲养的野生动物,往往泯灭了野性,失去了野外生存能力。这头盘羊野性不减的原因,很可能是其"半路出家"造成的。它在获得人类救助之前,已经秉承了盘羊桀骜不驯的野性。

托里县相关人员不惜代价,开车追赶盘羊也有奥妙所在。当地正计划采集这头雄盘羊的精液提纯复壮巴什拜羊。

棕熊与野猪

2000年春天,一头棕熊夜闯裕民县城,最终被俘获的消息引起全国的关注。后来,专家给出了这头棕熊胆大妄为的原因:饥饿。

棕熊有冬眠的习性。春天棕熊结束冬眠之后，正赶上巴尔鲁克山青黄不接的时期，迫与饥饿，棕熊只好采取夜闯民宅，偷窃食物的下策，不料却由于贪吃，延误了时间，天亮之后被堵在房间内，成了人类的俘虏。

对于游牧在巴尔鲁克山中的牧民来说，遭遇棕熊甚至狼等动物并不稀罕。有时候，棕熊会在光天化日之下，闯进羊群，在牧民的视线之内捕食绵羊，临走的时候还要会拖走一两只羊。牧区还经常发生棕熊闯进牧民毡房的事情。棕熊往往见什么吃什么，奶油、肉类、瓜果、面食等等。牧民发现棕熊进毡房了，只好躲在远处，要么等着棕熊吃饱后离开，要么躲在远处大呼小叫驱赶棕熊。巴尔鲁克山区虽然没有发生过棕熊伤人的事件，但是，面对棕熊这个庞然大物，牧民的顾虑是可想而知的。多数情况下，牧民宁愿让棕熊吃饱后离开，也不敢招惹这些家伙，他们担心一旦惹恼了棕熊，情况可能会更糟糕。

巴尔鲁克山中还有一种贪吃，并且数量庞大的野生动物——野猪。2008年秋天，巴尔鲁克山发生了一起偷猎者误将看瓜人当成野猪进行射杀，结果造成看瓜人一死一伤的惨剧。

去年春天，裕民县举办第二届山花节期间，我来到有野猪出没的国家级野生巴旦杏自然保护区。欣赏漫山遍野的杏花之际,杏林之中,几乎随处可见因野猪觅食而被翻开的泥土,由此可知当地的野猪数量之大。最令人头疼的是,每年秋天,成群的野猪常常跑到庄稼地里,啃食玉米、葵花等农作物。有时候甚至到了防不胜防的程度。

獾是巴尔鲁克山分布最广的动物之一,当地人也称其为獾猪子。这种贪吃的动物,往往在夜幕掩护下,潜入游客宿营地,偷吃游客携带的食物。据说,獾油治疗烫伤,疗效神奇。

蝰蛇及其他动物

2002 年夏天,我在巴尔鲁克山塔斯提山谷寻找传说中的小毛人,冷不丁遇到一个神智不清,口角挂着涎水的哈萨克族牧民。牧民的右手腕上系着一根麻绳,整个右手呈现黑紫色。原来,半小时前,牧民被蛇咬了。幸好遇到我们的车辆,牧民才有惊无险,及时得到了救助。

下午,回到裕民县城我专程到医院看望了这位牧民。牧民说,他早晨放牛的时候,发现草丛里盘着一条从没有见过的小蛇,他想抓蛇,手还没有接近蛇,这个家伙突然跳了起来,咬住了他的拇指。慌乱中,小蛇逃之夭夭了。牧民感觉被蛇咬的地方发麻,他想起人们常说的毒蛇。他赶紧用麻绳拴住手腕,随后便往毡房跑,回到毡房没说几句话,他醒来的时候，已经躺在医院了。后来，我了解到，巴尔鲁克山栖息有两种蛇，一种称游蛇，是常见的无毒蛇；另一种是蝰蛇，或者称为草原蝰蛇，这是一种非常厉害的毒蛇，其毒液主要作用于被咬者的神经系统。游牧在巴尔鲁克山区的牛马，常常出现非正常死亡的现象，多数原因就是遭受到蝰蛇攻击所致。

巴尔鲁克山深山密林之中，还常常能够看到豹。数年前，我在巴尔鲁克山寻找蓝花贝母，一个采药人给我讲了一个类似天方夜谭的故事。

20 世纪 80 年代初期，这个采药人发现了一头野猪。他端起猎枪瞄准了野猪（当时政府允许民间拥有猎枪），就在扣动扳机的刹那间，一只花豹突然扑向野猪。结果野猪没有中弹，豹子却应声倒地。这个故事与另一个传说相比还算不上稀罕。最离奇的莫过于巴尔鲁克山小毛人的传说了。

2003 年秋天，我曾经约请几个目击过小毛人的当地人士，一同在发现小毛人的区域，搜寻了两天时间，其中，一半时间，我们采取了蹲点守候的方式。后来，多位好奇者先后进入巴尔鲁克山，希望一睹小毛人的风采，但是，无一例外的失望而归。

我在这里并不是想谈论小毛人是否真存在。而是期望通过小毛人，告诉大家，森林茂密的巴尔鲁克山的确充满许多有趣的动物故事，以及未解之秘。

巴尔鲁克山的色彩

锦鸡儿的春天

裕民县第二界巴尔鲁克山山花节期间，赫然打出了一系列中国野生花卉之乡的招牌，其中，"中国锦鸡儿花之乡"的宣传画，让我意识到在很长时间内，我忽视了锦鸡儿这种野生花卉植物。

锦鸡儿花是北疆山区一种最普通的小灌木，昌吉、石河子、阿勒泰、塔城等地民间一般沿袭了哈萨克族语称锦鸡儿花为"吐尔条"。只是到了近几年，随着一些林业专业知识逐渐普及，人们才开始将锦鸡儿花与"吐尔条"联系了起来。不过，生活在这些区域的多数普通群众，对锦鸡儿花这个新名称依然是陌生的。在他们的生活中山野间随处可见那种即能够当柴烧，生长期间又是优质牧草的灌木就叫"吐尔条"。

没有来过巴尔鲁克山的人，可能会对裕民县打出的"中国锦鸡儿花之乡"的招牌产生怀疑，假如你来到巴尔鲁克山，在山野间走一走，你免不了就要产生应该早点来看这里的锦鸡儿花的想法了。实际上，内地许多城市，很早以前就开始人工培育锦鸡儿花，采用枝繁叶茂，花冠美丽的锦鸡儿花美化生活环境了。据说，锦鸡儿花的花、根还可入药。

我对各种野生植物历来情有独钟，多年记者生活的经历，我跑遍了新疆大地，巴尔鲁克山锦鸡儿花自然也在我的关注之中。有点遗憾的是在许多年间，我竟然把锦鸡儿花和绣线菊这两种不同的植物，误认成了同一类植物。也难怪我犯这样的错误，锦鸡儿花和绣线菊都是小灌木，生长环境基本相同，有时候二者常常相伴而生。后来，我习惯了春天赶赴巴尔鲁克山赏花，我很快发现自己犯的这个常识性错误。绣线菊的花为平淡的纯白色，花期略晚于锦鸡儿花。锦鸡儿花则如同受到上苍的刻意眷顾，显示出一种充满灵性的不凡气质。

我观察到的巴尔鲁克山锦鸡儿花有白色和桃红两种，花期一般从4月末延续到6月初。从海拔高度上来看，受牲畜采食影响，前山区锦鸡儿植株高度一般不超过1米，锦鸡儿花似乎也懂得自我保护一般，密集的隐藏在锦鸡儿花的枝条间。高山区的锦鸡儿花的植株高度能够达到2米以上，锦鸡儿花绽放的也很逍遥自在。

锦鸡儿花是丛生灌木,往往成片连块占据了整个山坡,这种分布状况,注定了锦鸡儿花开放的季节,给人视觉上造成的一种"热烈"的冲击。巴尔鲁克山区整体自然环境保存完好,繁茂的锦鸡儿花丛,几乎覆盖了整个巴尔鲁克山中高山区域,每次看到巴尔鲁克山连片绽放的锦鸡儿花,我总会联想到生长在南方山地的山茶花。进而让我产生这样的感慨:造物主是公平的。

五一前后,我两次进入巴尔鲁克山区赏花,尽管持续的低温天气使我错过了与许多种山花的约期,但是,这也让我发现了锦鸡儿的一个秘密:在巴尔鲁克山区的木本植物中,锦鸡儿花和巴旦杏是花期最早的两种灌木。它们就像大自然的信使,站在高处,用芬芳的花束,向世界宣告:春天已经来了。

漫山遍野芍药花

2008 年 5 月 2 日,整整一天时间,我在素有新疆野生植物园之称的巴尔鲁克山区,追逐着芍药花的芬芳。尽管持续的冷空气迟缓了大多数芍药的花期,值得庆幸的是温暖向阳的山坡上总有一两簇芍药,擎着紫红色的花朵等待着我。

我对芍药花的印象来自童年时代。小学期间，我曾经在巴尔鲁克山北部的塔尔巴哈台山区生活过两年。每年春天，当一种指甲盖大小的黄花占满了山野草地，随后，仿佛一夜之间，花朵硕大的大红花就像童话一般漫山遍野的绽放了。从此，塔尔巴哈台山区小黄花与大红花争春的景象就深深地烙在了我的记忆中。有一段时间，我曾经试图弄清楚大红花真正的名称，但是，问了许多人，也没有结果。从那以后，大约 20 年间，我再也没有踏上塔尔巴哈台山，自然也无缘一见记忆中的大红花了。

　　2000 年春天，我偶然进入巴尔鲁克山区，碧野之间密集的紫红色，迅速唤起了我的记忆。巴尔鲁克山区绽放的大花朵，不正是大红花吗？连忙请教当地人士，原来大红花就是大名鼎鼎的野生芍药。随后，我查阅了一些资料，新疆主要有两种芍药，开红花的名为新疆芍药，产于阿尔泰山区。开紫红色花朵的名为窄叶芍药，产于新疆西北部以及天山山区。塔尔巴哈台山，巴尔鲁克山等地的芍药为窄叶芍药。从那以后，连续 9 年春天，我都会准时进入这巴尔鲁克山区，观赏美丽的芍药花。期间，我还专门进过几次塔尔巴哈台山区寻找童年记忆。

　　令人遗憾的是由于人为原因，近年来，塔尔巴哈台山区的芍药已经越来越稀少了。巴尔鲁克山区的芍药虽然受过度放牧等因素影响,也出现减少迹象,但是,从总体上来看,这里的芍药分布之广,花期芍药花之热烈,依然远远超出了我们的想象。

从去年开始,地处巴尔鲁克山脚下的裕民县借助早开的芍药花、郁金香、巴旦杏等山花,拉开了每年春天为期一个月的巴尔鲁克山花节的帷幕。

芍药花之所以成为新春的宠儿,我以为首先是芍药的花朵。春季,北疆地区气温冷暖变化繁复,早开的山花基本上都是一些植株低矮,花朵较小的鲜花。芍药花却非常另类,山地阴坡的积雪还没有完全融化,阳坡的芍药植株就破土而出了。从我9年的观察来看,不论天气怎么样,巴尔鲁克山区的芍药花在4月25日前后都会绽放美丽的大花朵,差别只是花的多少而已。进入5月中旬,随着气温升高巴尔鲁克山的芍药迎来了盛花期,整个巴尔鲁克山区就变成了以芍药花为主的天然大花园。芍药花的花香也非常有特色,芍药花的香味是介于浓香与淡雅之间的一种香。每次闻到芍药花香,我总会产生一种美的感觉,它就像清晨雨后美妙的音乐,携带着我进入一个清新爽朗的世界。诗歌创作中有一种被称为"通感"的表现手法,是指在某种情况下,人的不同感觉器官可以彼此相同。芍药花自然不是诗,但是,它却能够让我从花香之中体验到幸福美好,芍药花的魅力由此可见一斑。

陪同我采访的时任裕民县宣传部副部长李庆武告诉我，今年春天连续低温天气，山花旅游节的开幕式不得不从原定的 4 月 26 日，向后顺延十天左右。巴尔鲁克山区还有一条芍药谷，他邀请我到 5 月中旬等气温稳定下来再来，我当然想看一看芍药谷芍药怒放的风采。我期待着明年春天的巴尔鲁克山之行。

阿魏滩的秘密

北疆地区分布着许多名叫阿魏滩的地方，它们就如同南疆的戈壁和荒漠沙地一样，让许多外地人记住了新疆。那么阿魏滩上究竟有些什么东西？我带着寻找其中秘密的好奇，来到裕民县南部的阿魏滩。

阿魏滩，既以植物阿魏为主的干旱草原，北疆的阿魏滩一般都是牧区的春秋牧场。阿魏，属伞形科，多年生草本植物。按照生长环境的不同，我观察到的阿魏有平原阿魏和山地阿魏两种。平原阿魏既新疆阿魏，也就是阿魏滩上生长的阿魏。资料显示，新疆阿魏植株最高可达 100 厘米，全株披白色绒毛，根肥大，圆柱形或纺锤形，有时分杈，表皮紫黑色，有臭气，开黄色小花。山地阿魏主要生长在降水相对较多的山区,植株也比新疆阿魏高大。

大概是阿魏植株散发着一种强烈的刺激性气味的缘故,阿魏滩虽然是牧区的春秋草原,但是,放牧在阿魏滩上的牲畜对阿魏采取的却是敬而远之的态度。牛羊对阿魏的态度,不可避免影响到生活在这里的人类对阿魏的看法。阿勒泰、塔城、伊犁、昌吉等地的许多人,即使到现在依然认为阿魏是一种有毒植物。俗话说是药三分毒,如果从这个方面认识阿魏,其有毒之说的确有一定道理。中医学认为阿魏味辛、温,有理气消肿、活血消疲、祛痰和兴奋神经的功效,可以治疗多种疾病。据说,阿魏的药用价值还远远没有得到充分利用,民间传说阿魏还能够治疗某些顽症。

我对阿魏滩的了解是从珍贵的阿魏蘑菇开始的。1990年前后,一个偶然的机会,我听一位朋友说阿魏是不错的野菜。初次听到这个说法,我大吃一惊。在我的印象中如果不小心身体接触到阿魏,阿魏那种奇异的怪味就足以让人翻肠倒胃、避之唯恐不及,这样的东西怎么能够食用呢?再者,假如阿魏可以食用,从冬牧场刚刚抵达春牧场,饥肠辘辘的牛羊为什么不采食阿魏呢?

后来,还是在这位朋友的推荐下,我大着胆子,从托里县老风口阿魏滩摘了一些阿魏叶子,回到家里按照朋友说的方法,把阿魏叶子在开水里烫一烫,拌上蒜泥、盐、醋等调味品,没有想到从此以后,春天寻找新鲜阿魏下菜竟然成了我生活的一部分。仔细想一想,我似乎明白了阿魏气味奥妙所在,就像芫荽、芹菜等蔬菜,它们散发出来的刺激味道,不过是植物的一种自我保护措施罢了。

在北疆草原上,阿魏的这种自我保护方法无疑是非常成功的。多年以来,超载放牧一直是北疆牧区一个矛盾的现实,但是,仅以阿魏而言,由于其自身具有天然的防护气味,尽管阿魏滩上放牧着大量牲畜,他们对阿魏影响却微乎其微。借助雪水的滋润,每年4月初光秃秃的阿魏滩就迅速复活了,此时,从牧区迁徙而来的牛羊也准时抵达了目的地。不久,阿魏滩上就撑开了一簇一簇的绿伞,畜群则在绿伞之间啃食着嫩草。初夏时节,亭亭凸立的阿魏植株和阿魏黄色的小花朵,将大地装扮成一个美丽的大花园。6月中旬,就像一切都没有发生,这个奇妙的大花园,在短短的时间内便突然消失了。此时伴随着阿魏的生长周期,来到春牧场的畜群也转场去了凉爽的夏牧场,阿魏滩成了不折不扣的荒原。

除了人为因素之外,阿魏滩上变化最大的是苦艾的命运。若干年以前,苦艾只是阿魏滩上的一种中档牧草,目前苦艾则是各地春牧场的最主要牧草。

我来到裕民县南部的阿魏滩,想拣点珍贵的野生阿魏蘑菇,采一些鲜嫩的阿魏叶子。在面积大约几十万亩的阿魏滩上走了将近一小时，我发现一个巨大的秘密。阿魏滩是一个体系，它们年复一年，演绎着干旱草原的生命故事。

彩色的巴尔鲁克山

我自以为走遍了巴尔鲁克山，熟悉这里的一草一木。深秋时节，我再次赶赴巴尔鲁克山深秋之约，当漫山遍野的色彩，真实地出现在我眼前，我完全被陌生的巴尔鲁克山震撼了。

今年春天，一场罕见的持续低温天气，毁坏了巴尔鲁克山春天的山花。接着，几十年不遇的干旱，让许多植被还没有来得及领略成长的快乐，便被炽热的阳光烤焦了。我的朋友，时任裕民县委宣传部副部长李庆武曾经忧虑地说：山花没了，巴尔鲁克山的山花蜂蜜也没了。草干枯了，牛羊过冬都可能出现问题。

似乎是为了弥补上苍的过失，中秋节前后，巴尔鲁克山区出现连续降雨，我来巴尔鲁克山之前的两天，这里又出现了降雨以及霜降天气过程，大自然导演的一个奇迹，就在这短短的 20 多天当中发生了。

进入巴尔鲁克山前山区，原野的植被与想象中的情景截然不同，枯黄色的山川大地上，生命的色彩呈现出一种反季节的新绿之意。确切地说，我所看到的一切，就如同巴尔鲁克山早春的景色一般。大地上层是枯枝残叶的黄色，地表则覆盖着成片成片返青的绿色。

天阴霾了面孔，有人担心落雨，我们会被困于山中，我更相信天遂人愿。在我的坚持下，我们穿过巴尔鲁克山著名的天然打草场托热加依劳草原，拐进一条东西走向的深谷，眼前的景象，让我们忘记了陡峭的牧道潜藏的危险以及雨水可能带来麻烦，一门心思，扑进了彩色的巴尔鲁克山。

我喜欢西洋油画，但是，我可以自信地告诉任何人，没有哪一位大师能够将整条山谷当成画布作画。即便真的有这样的大师，他作画的使用色彩也不可能如此明快鲜活，更不可能将大到一棵乔木，小到一根草茎色彩的变换描绘的如此细致入微。

阴坡面，随着山峦的起伏，茂密的灌木丛，被色彩分割成片状或者条状，绣线菊和锦鸡儿花的叶子黄了，蔷薇的枝条和叶子以及果实如同漂浮在锦鸡儿花丛中的火焰，忍冬（金银花）青中带黄，黄中又透着浅红和灰白，天山圆柏就像上天印在这些色彩中翠绿色的图章，牢牢固守着自己的色彩领域；山阳面，杨树擎着靓丽的明黄色一直登上山巅，山楂树似乎是在回忆夏天的伏旱，绿色之中挂着些须紫色，塞威氏野苹果林暗红色的叶子，让人想起苹果的色彩；密不透风的柳树丛依然在谷底的河流旁边念叨着春天的故事,杨树或黄或绿或兼而有之,体味着不同的季节,不同的感觉,婆娑的稠李躲在悬崖边上绯红了叶子,不知不觉袒露了自己的恋情……

白的草蘑菇,淡红的杨树蘑菇,姜黄色的柳树蘑菇,灰褐色的毒蕈,还有许多不知名的菌类,仿佛山谷正在上演的神话,让人目不暇接。

每一棵植物都是一个发光体,每一片叶子,每一根枝条都拥有了发光的物质,阴郁的山谷被自身变换的色彩照亮了。我只恨自己不是植物学者,对巴尔鲁克山的植物了解得太少。我钟情于植物春天的山花,却没有意识到它们的深秋同样精美绝伦。

我希望有一天,与妻子一起归隐巴尔鲁克山,用眼睛和镜头记录这里一年四季植物的色彩,然后,将我们看到和记录的装订成册,献给所有热爱大自然的人。

巴什拜羊的故事

在新疆几个最著名的地方绵羊优良品种当中，巴什拜羊是唯一以人的名字命名，且饲养量位具前列的地方优良品种绵羊之一。新春时节，我来到巴什拜羊的诞生地塔额盆地裕民县，了解了一些巴什拜羊和草原的故事……

草原的类别

前往裕民县之前，我正在阅读世界教科文组织编纂的《中亚文明史》一书，恰好读到有关研究中亚草原畜牧业文字部分，大意是说，中亚的自然环境，导致了史前时期中亚文明的社会分工，一部分古人告别了定居生活，开辟了一种新的生存方式——游牧。辽阔的草原注定了天然放牧这种最合理，也是最廉价的生产方式在中亚的盛行。

新疆位于中亚中心区域，草原上不仅遗留下来众多古代草原文明遗迹和遗址，这种古老的文明，还被一些游牧民族原封不动的保存到了现代，生活在新疆北部草原的哈萨克族牧民就是其中之一。

在外人看来，草原不过就是原生草地而已，哈萨克族牧民的生产和生活方式也很简单。其实，这是一种错觉。以哈萨克族牧民的畜群来说，他们的畜群并不仅仅是简单的数量多少的差别，任何一家牧民的畜群都体现了一种自然进化的结果。

新疆的草原分为平原草场、荒漠草场、山地草场、高山草场等四类，不同区域的植被种类和生长特性千差万别，要实现天然放牧，就要有适合各种草场类型的牲畜。历史上的游牧民驯化了生性活泼好动的野山羊，开发了占新疆草原面积三分之一的山地草场；性格温良的绵羊则成为平原草场的宠儿；饲养骆驼和马，既解决了游牧生活的运输工具问题，又合理利用了一些其他牲畜无法利用牧草资源；牛的耐粗饲特性，同样是畜群和牧民生活不可缺少的补充。

搭配式的畜牧饲养方式，不仅合理利用了不同的草料，保持了草原生态的相对平衡，同时给牧民带来了最大限度实惠。当然，这种平衡并不是一成不变的。草场植被种类在不停地变化之中，牧民对于畜群结构的调整，尤其是对牲畜品种的改良,过去没有停止过,将来同样不会停止。

巴什拜羊就是新疆有史可查,由巴什拜·乔拉克培育的毛肉兼用的优良畜种之一。

巴什拜与羊

巴尔鲁克山区夏季景色秀美,不同的海拔高度区域,植被种类繁多,可利用牧草资源丰富。但是,这里冬季的自然条件却十分恶劣,突如其来的暴风雪和寒流,常常将整群整群的牛羊冻死。如何培育一种即能够适应巴尔鲁克山冬季严寒,并且生长快的绵羊,一直是游牧在这一带牧民的理想。

巴什拜·乔拉克·巴平(1889—1953 年),哈萨克族,出生于巴尔鲁克山一个叫察汗托海的牧场。巴什拜在放牧的过程中发现,巴尔鲁克山野生盘羊抗御暴风雪的能力极强。这些野生的家伙,即使在零下 40 多摄氏度的低温环境,仍然可以在雪地上自由自在地觅食。于是,他尝试着将当地的土种羊与盘羊杂交。经过多年的反复试验,巴什拜终于培育出了骨骼强健、抵抗力强、生长快、成活率高的巴什拜羊。

还有一个传说更有意思,据说,有一年秋天,巴什拜的羊群里,混进两只健壮的雄盘羊,巴什拜发现之后,没有惊动盘羊。两天以后，雄盘羊离开了。第二年，巴什拜的羊群里的母绵羊产的几乎都是双羔，这些羊羔子的体型明显大于往年的羊羔子，刚出生的小羊羔几分钟后就能站立行走。羊羔长的也特别快，早春出生，到了深秋季节，大的羊羔，酮体重量竟然能够超过20千克。

更绝的是，冬天大雪封山，其他羊只能躲进羊圈靠舍饲，而巴什拜羊则继承了盘羊的特性，可以用前蹄刨开冰雪吃草。就这样，没有几年时间，巴什拜的羊群迅速发展到连巴什拜本人也不知道确切数量的程度。最终巴什拜靠着这种杂交羊成为富甲一方的大牧主。巴什拜富裕起来以后，把他培育出的优良品种羊在草原上广泛推广，此举，为巴什拜赢得了广泛的声誉。到1950年，这种毛色呈红棕色、鼻梁弓起、四蹄雪白、肉质鲜美，被广大哈萨克族牧民称为巴什拜羊的绵羊，在新疆北部的草原上已经成为主要牲畜之一。

2001年以来，为了提纯复壮巴什拜羊，裕民县相关部门再次采用野生盘羊，对巴什拜羊进行了杂交。目前，野生盘羊与巴什拜羊杂交之后的巴什拜羊已经开始在草原上大规模推广，塔城地区巴什拜羊年最高饲养量接近250万只。

冬羔与春羔

我原计划前往裕民县冬牧场，来到位于巴尔鲁克山前山区裕民县察汗拖海牧场，我才了解到，1月末，2月初，北疆出现连续降雪过程，草原上的积雪厚度超过了50厘米，车辆根本无法进入冬牧场。我只好改变计划来到该牧场喀拉克米尔村回族牧民王有富家。

喀拉克米尔村是一个定居的牧业村，每年进入冬季之前，村民们除了将待产母畜，以及少量弱畜留在村里饲养，相当一部分牲畜采用带牧的方式，跟随着游牧畜群进入了冬牧场。如此一来，喀拉克米尔村的村民们不仅节省了大量草料，同时，也腾出了宝贵的时间，将精力放在了饲喂待产母畜，接生冬羔子方面。

哈萨克族牧民对羊群冬天生产的羊羔子称为冬羔子，以此区别于4月中旬接生的春羔子。新生命的降临是一件喜事，不过，过去冬羔子的降生，在察汗托海牧场冬牧场却是喜忧参半的。新生命的诞生预示着新的希望，小羊羔给单调枯燥的冬牧场带来了难以言表的欢乐。但是，冬牧场严酷的自然环境，以及即将到来的春季转场，对于成年大畜来说都是一场生死考验，何况这些弱小的生命。因此，牧民一般都严格控制着羊群冬天产羔的数量。即使草原上的大户，每年在冬牧场接羔子的数量也很少，牲畜较少的家庭则杜绝或仅接生几只羊羔。他们把更多的希望寄托在成活率极高，4 月初的春季接羔。这样一来，即使为数不多的冬羔子在春季转场过程中受损，也不至于影响当年整个畜群的产羔数量。

似乎是为了印证了物以稀为贵的道理，到了 6 月，春羔子还是小羊娃子的时候，冬羔子则在母羊奶水和嫩草共同的滋养之下，如同吹气一般已经长成，能够出栏了。此时，恰恰是草原上肉食缺乏时期。肉质香嫩鲜美，营养丰富的冬羔子肉，不仅填补了这个空缺，而且，还以其绝佳的羊肉品质，使之成为一年当中草原上最佳的肉食之一。历史上，由于冬羔子在羊群里数量稀少，冬羔子肉只能是尊贵的客人和部分牧民在 6 月间享受的美味。

近年来，随着牧民定居步伐的加快，牧区交通状况的改善，现代交通运输工具投入到牧业转场过程当中，包括游牧民在内的绝大多数牧民，开始大量接生冬羔子。冬羔子数量的增加，使巴什拜羊成为各族牧民致富的支柱。现在每到夏季，鲜美的巴什拜羊羔子肉吸引着大批游客来到草原上，

我来到王有富家的时候，这个家庭已经接生了 103 只羊羔子，成活率达到了 100%。王有富算计着，到 2 月底，他的羊群还能接生 10 只羊羔子。

羊毛的妙用

巴什拜羊属于粗毛绵羊品种。当年出生的冬羔子，到深秋季节往往能够宰出 20 千克连骨羊肉。巴什拜羊生长迅速的特性，使其在新疆众多绵羊品种当中，成为罕见的一年当中，需要剪两次羊毛的品种羊。一次在 5 月下旬，一次在 9 月下旬。粗羊毛虽然值不了几个钱，但它们却是哈萨克族游牧生活须臾也离不开的制作毛毡的原料。

在游牧生活当中，修建毡房需要用毛毡，毡房里防潮御寒的物品需要用毛毡，夏日里在草原小憩要铺毛毡，招待客人时，还要用毛毡当坐垫。不仅如此，毛毡还是美化牧民起居生活的装饰品。经过刺绣剪切的毛毡称为花毡。花毡挂在墙壁上就成了漂亮的装饰挂毯，铺在炕或者床上，同样是一种美的享受。一般情况下，质地较差的 5 月的羊毛，用于擀制修建毡房使用的毛毡，9 月的羊毛则用来擀制各种床上用品。

大集体时期，每年初夏剪毛季节，各牧场往往组织牧业队的剪毛能手，进行现场剪毛比赛。牲畜划归个人以后，以村为单位的牧民则采用大户牵头集资出奖品的办法，组织附近的牧民进行剪毛比赛，获胜者一般可以得到一只绵羊作为奖励。实际上，在牧民心目中奖励是次要的，人们更看重比赛的过程，体验剪羊毛时大家团聚的快乐。比赛不分男女，有本事尽可以拿出来。有的牧民习惯用刀，有的习惯用剪子，剪毛高手几分钟就能搞定一只绵羊，最好的剪毛手，剪毛时不仅不会伤到羊，剪下来的羊毛也丝毫不乱。摊开羊毛，羊毛的形状就是一只活生生的羊的形状。

男人们在草原上驰骋，草原上的女人们也在扩展着自己的施展空间，擀毛毡就是草原女性施展才华的方式之一。进入夏牧场之后，牧民迎来了一年当中最美好的季节。草原上的妇女们便开始筹划擀毛毡。擀毛毡的头一道工序是打羊毛，也就是将原毛打成蓬松的棉絮状，打羊毛还有一个作用，即清除羊毛中的泥土等杂物。羊毛打的好坏直接关系到毛毡的质量，打好的羊毛越蓬松，擀出来的毡子也越平整结实。毛毡擀的好的妇女擀出的毛毡，表面平展匀称，毡体板硬结实，用于毡房外层，可以经受住连续十天半个月阴雨的考验。

前几年，由于牧民定居，牧区用毡量下降等原因，巴什拜羊羊毛几乎成了无人问津的废品。近年来，随着新疆草原风情旅游热的兴起，市场对传统毡房以及毛毡制品需求量大增，巴什拜羊羊毛又有了用武之地。

粉红椋鸟

新疆维吾尔自治区治托里县西南部巴尔鲁克山和玛依勒山之间，有一条大致呈东南走向，面积约 120 万亩的开阔谷地，谷地最低处海拔 1879 米区域有一片雪水汇集形成的湿地。每年春季，湿地中央会形成一个小湖泊，哈萨克语称为萨孜。以湿地为核心区域的 60 余万亩草原，就是北疆赫赫有名的萨孜大草原。

2009 年春天，为了调查粉红椋鸟的巢穴以及草原鼠害情况，我跟随塔城地区鼠蝗测报站的工作人员，走进了萨孜草原。

萨孜草原素描

我所了解的北疆草原之中，萨孜草原是最奇特的一种草原类型。北疆牧区草原一般分冬牧场、春秋牧场和高山夏牧场三类。不同类型的草原，在不同的季节基本满足了牲畜游牧所需要的草料。萨孜草原是托里县、额敏县、裕民县、塔城市的传统牧区,不同的县市根据自身的需要,将萨孜草原分成了不同季节使用的草场,因此,就出现了这样一种罕见的现象:同一块萨孜草原上,既有春秋牧场、夏牧场和冬牧场,还有相当一部分打草场。

以托里县为例,该县春季转场的结束时间,一般控制在4月初之前,但是,这个季节萨孜草原天气变化剧烈,气温依然较低,根本不适合各类家畜养育新生命。牧民只好等到初夏时节,气温上升之后进入萨孜草原。而此时,裕民县等地的牲畜已经耐不住炎热迁往了高山牧场。不论各地对萨孜草原的使用情况如何,有一种现实是大家公认的,萨孜草原的牧草,尤其是一种被称为"羊毛草"的禾本科植物,其营养价值之高,按照当地牧民的说法就是牛羊的"过油肉拌面"。还有一个令人欣慰的现实是,尽管萨孜草原每年承载着大量的牲畜,直到目前这片草原依然是北疆保持最好的天然草场之一。

2006年以前,萨孜草原基本上是个死胡同,由托里县途经萨孜草原前往博乐的公路建成通车后,曾经遥远偏僻的大草原与外界连接了起来。

我们从托里县出发,经过库甫乡,不久就接近了萨孜草原的边缘地带。随着沿途毡房和畜群的递减,前方越来越空旷寂静。草原上最后一个羊群被我们甩在了车后,我们已经进入了萨孜草原界内。

其他人下车在草原上查看草原鼠害情况,我则在草原上寻找某种感觉。

萨孜草原的春天宁静的如同天地初开之时一般,原始的空气,原始的土地,原始的山川,阴凉处湿漉漉的残雪,冷飕飕的感觉有些坚硬的风,依然在洞穴中冬眠的小动物……空荡荡的山谷,没有任何生命迹象的旷野,巴尔鲁克山高处白皑皑的积雪,山坡上人工为粉红椋鸟修建的石头窝点,如悬挂在蓝天上的太阳,寂静的只有自己呼吸发出的声音……萨孜草原的春天,既没有人们想象的喧闹,也没有勃发的生机。

蝗虫写实

萨孜草原平均海拔 2100 米,草原植被主要有针茅、狐茅、苔草、沙葱、冷蒿、芨芨草、锦鸡儿花、野罂粟等数十种,其中,绝大多数植物都是优良牧草。优越的天然放牧环境,不仅吸引了大批牧民驱赶着牲畜来到此处,也给蝗虫提供了广阔的生存空间。西伯利亚蝗和小翅曲背蝗就是萨孜草原危害最严重的传统害虫。

2001 年 6 月中旬,萨孜草原蝗虫大爆发的季节,我曾经在这里见到了这样恐怖的一幕:通向萨孜草原的简易公路像一条长蛇爬行在广袤的大地上,公路沿线的草原上,几乎被一层蠕动的黑褐色蝗虫幼虫覆盖,甚至公路上也呈宽带状布满了密密麻麻正在穿越公路的蝗虫。我们的车辆刚刚拦腰碾断了蝗虫迁徙的队伍,后继的蝗虫立即又将其连接起来。

我们来到萨孜草原附近牧民热斯别克的毡房,还没有进毡房,热斯别克的毡房一周靠近地表约 40 厘米高的范围内,一圈微微摆动的墙裙引起了我的注意。白的毡房,黑褐色的墙裙装饰,这种现象在哈萨克族社会中是罕见的。我还有些惊诧牧区的新变化,却没有料到这个墙裙竟然是由蝗虫组成的。

热斯别克的妻子请我们观察晾晒在草原上的毛毡,她说毛毡是十分钟以前放在草原上的,现在上面已经爬满了蝗虫。查看的结果正如她所说的一样,个头如同大黑蚂蚁相仿的蝗虫已经占据了整个毡面。自治区的一位专家估计,当地每平方米的蝗虫密度远远超过了 200 头。

假如时间倒退 5 年,这个季节萨孜草原早已经响起喷洒灭蝗药物的飞机发出的嗡嗡声了,但是,现在情况完全变了,萨孜草原上进行的人工招引粉红椋鸟灭蝗实验,不仅彻底改变了这片草原的命运,而且将对新疆,乃至全国未来生物灭蝗起到了示范作用。

湿地与湖

萨孜草原属大陆性半干旱性气候，干旱缺水的草原上能够出现一片湿地，甚至是湖水，这无疑是大自然赐予这片草原最珍贵的礼物。2000年，我首次进入萨孜草原就被这里美丽的原始风光迷住了。随后的数年间，我在不同季节多次来到这里，对这片湿地以及湿地中心区域的湖有了一定认识。

正如我猜想的那样，春天的萨孜湖在空旷的草原上，果然变成了一个烟波浩渺的大湖，湖面上漂浮的黑色斑点是野鸭。为了防止陷车，我们在距离水边数百米的地方，便改做步行试图靠近湖水。但是，松软的沼泽很快打消了我们前进的念头——这个季节根本无法抵达水边。游弋在水面上的野鸭，大概知道我们不会对它们构成威胁，自顾悠然自得的在水面嬉戏。这是一种不错的景致，我们在远处观察野鸭，它们以同样的方式留意着我们的举动。

萨孜湖湖水完全依赖降雨和融雪水补充，由于湖水面积变化太大，因此，即使在干旱的夏季，湖滨周围几千米范围内的区域也没有牧民的毡房。唯一的人工痕迹就是湖东面一条废弃了多年的大渠,叙说着人类对水的渴望。

大渠是"文革"期间,一群头脑发热的年轻人留下的。我的一位托里县朋友提到这条渠,曾经说过这样一句话:即使脑子有问题的人,也不会干这样愚蠢的事情。他的话虽然有些尖刻了,但是,说的却很有道理。

春天,得益于冰雪融化补充的来水,萨孜湖面积迅速膨胀,随后,由于蒸发量大于补充来水,萨孜湖开始萎缩。遇到降水较大的年份,萨孜湖水可以维持到来年。但是,绝大多数时间,在秋季结束之前,湖面就变成一团直径不超过百米的椭圆形水洼,有时候甚至完全干涸了。

有人说湖里有鱼,更多的人却说除了水草和淤泥以及野鸭等飞禽以外,湖里不可能有鱼。

托里县草原站站长谭建军告诉我,萨孜湖是萨孜草原的魂灵,遗憾的是还没有专家调查过这个高原湖泊。

萨孜湖虽然存在着许多未解之秘,但是,湖的存在却为当地未来的生物灭蝗提供了最关键的条件。

初识粉红椋鸟

20世纪80年代中后期,新疆草原灭蝗部门开始探索生物灭蝗方式。其中,1970年以后,国外开展的人工筑巢招引粉红椋鸟灭蝗技术,就是人们摸索的主要方法之一。塔城地区草原辽阔,治蝗灭蝗工作一直走在全疆前列,塔城地区治鼠蝗测报站顺理成章被作为重点区域先期展开工作,而传统蝗虫重灾区萨孜草原则被列入生物灭蝗试点草原。

俗话说,物极必反。萨孜草原猖獗的蝗虫灾害,在很久以前就招来了一批神秘的客人,它们的数量随着蝗虫数量的多少,每年都有变化,但是,总体上来说,由于粉红椋鸟数量太少,这些后来被牧民称为"铁甲兵"的夏候鸟粉红椋鸟,并没有引起人们的关注。

1989 年,塔城地区鼠蝗测报站站长伊生春等人来到萨孜草原。他们的任务就是进行生物灭蝗调查。当时,还不认识粉红椋鸟的伊生春,根本没有意识到 11 年以后,这项在国内具有开拓性的调查研究工作,最终会让他获得了全国治蝗先进个人,成为新疆生物灭蝗方面的专家。萨孜草原的成功经验被自治区列为新疆生物防治蝗虫示范区。

伊生春很快在萨孜湖畔的几座小型石碓古墓中发现了粉红椋鸟的巢穴。令人奇怪的是这些建造在古坟冢石缝间的巢穴,几乎不具备任何防范天敌的功能。那时候尚且不知粉红椋鸟就是灭蝗"铁甲兵"的牧区孩子,常常以毁坏这种"傻鸟"的窝为乐。

调查中,伊生春发现粉红椋鸟的确是蝗虫的天敌,但它们的数量太少了,面对铺天盖地而来的蝗灾,几千只粉红椋鸟发挥的作用几乎可以忽略不记。当然,伊生春等人也发现,制约粉红椋鸟在当地栖息的最大问题,似乎就是没有合适的筑巢之地。问题随之也出现了,距离湖水不足 5000 米,巴尔鲁克山的悬崖峭壁完全可以为这种"傻鸟"提供安全的筑巢场所,它们为什么偏偏冒着风险,在水边石碓古墓做巢穴呢?

1991 年,自治区有关人工招引粉红椋鸟灭蝗的研究课题得出结论:招引椋鸟灭蝗是人类发现的最佳生物治蝗方法之一。此时,由伊生春牵头实施的在萨孜草原实地调查工作也结束了。通过观察,伊生春基本掌握了粉红椋鸟迁徙时间,生活习性,繁殖等一手资料。

粉红椋鸟一般在 6 月 10 号前后,草原蝗虫一龄高峰时节来到萨孜。并且迅速寻找巢穴,产卵,6 月末雏鸟便纷纷来到世间。雏鸟生长非常迅速,大约 20 天左右,成群的小鸟就开始跟随成鸟在草原上捕捉蝗虫了。8 月上旬之前,草原上的蝗虫基本绝迹了,粉红椋鸟也随即飞向南亚等地。

"铁甲兵"的威力

1992 年春天,萨孜草原开始就地取材大规模人工堆筑石碓招引粉红椋鸟,巧合的是,当年萨孜草原蝗虫大爆发,粉红椋鸟来了 10 万只之多。这些远道而来的生灵,甚至没有任何犹豫,便争先恐后的把家建在了人工堆筑石碓的缝隙内。这一年,目睹了成群的粉红椋鸟捕捉蝗虫场面的牧民,形象地称粉红椋鸟为"铁甲兵",意思是指粉红椋鸟在灭蝗过程中就像铁甲兵一样厉害。也正是从这一年起,萨孜草原上的牧民开始主动保护粉红椋鸟。

有人曾经说过这样一句话,充分体现了牧民对粉红椋鸟的感情:即使粉红椋鸟把窝建在牧民的毡房里,它们也不会受到丝毫伤害。

1995 年,萨孜草原又遇到蝗虫大爆发,当时,人们对粉红椋鸟灭蝗技术还在进一步的探索中。灭蝗的飞机来了,粉红椋鸟也来了。是相信立竿见影的化学防治,还是把草原的未来交给这些小小的鸟类,成为自治区灭蝗部门以及尹生春不得不面对的难题。如果采取化学防治,蝗虫肯定能够得到控制,但是,正在进行中的生物灭蝗实验,将因为失去蝗虫这个实验对象变得毫无意义。把草原交给粉红椋鸟,一旦出现防治失误,游牧在草原上的大量牲畜吃什么,尤其是有些县的冬季牧场,没有牧草,对牧民来说就是一场灾难,潜在的威胁则是蝗虫性成熟之后,将会在草原上产下大量虫卵,这些潜藏在地下的虫卵,来年遇到适宜的气候环境,将会爆发更大的蝗虫灾害。

最后,经过多方斟酌,他们把萨孜湖四周的沼泽草地区域留给了粉红椋鸟。7月中旬,蝗虫消失了,成群飞翔在草原上的粉红椋鸟也没有了。按照前几年观察的经验,这个时间幼鸟还在窝里,难道成鸟把不会飞的幼鸟也带走?

伊生春前往人工堆筑的粉红椋鸟巢穴查看,眼前的一幕让他大吃一惊,在所有人工堆筑的石碓外围直径50米以内的区域,布满粉红椋鸟幼鸟的尸体——没有食物,成鸟只能抛弃幼鸟。由此,伊生春断定,粉红椋鸟来到萨孜草原目的只有一个——繁殖。

粉红椋鸟采食期间,常常有规律的成群飞到萨孜湖边嬉水。刚开始,有人认为粉红椋鸟的这个奇怪举动是捕食蝗虫之后,蝗虫的污血或脂肪黏在粉红椋鸟喙部,粉红椋鸟清洗喙的举动。通过仔细观察,谜底揭开了。蝗虫营养丰富,粉红椋鸟需要大量饮水帮助消化。至此,人们也理解了粉红椋鸟选择水边石碓墓缝隙作巢穴目的——饮水。也正是掌握了粉红椋鸟的这个生活习性,萨孜草原人工筑巢招引粉红椋鸟迅速获得了成功。

真实的粉红椋鸟

资料显示,粉红椋鸟属鸟类的雀形目椋鸟科椋鸟属。椋鸟科是一个大家族,拥有 28 属 114 种,成员遍布世界各地,八哥和鹩哥就是椋鸟的一种。粉红椋鸟在椋鸟家族中属于中等体型,成鸟体长 19~22 厘米,体重 60~73 克,飞羽、尾羽为亮黑色,背、胸及两肋为粉红色,故称粉红椋鸟。雌鸟与雄鸟毛色相似,但较黯淡。

粉红椋鸟主要分布于欧洲东部至亚洲中部及西部,冬季迁往印度等南亚温暖地带越冬,新疆是粉红椋鸟的主要繁殖地。粉红椋鸟喜欢群居生活,有着日出而作、日落而息的习性。每年 5~6 月份,粉红椋鸟就会成群结队地迁飞至繁殖地,先在食物丰富的低山地带落脚,然后集群占据靠近水源的石头堆、崖壁缝隙等处选择巢址。

为了争夺有利地势,雄鸟之间经常发生激战。雄鸟头顶上部羽毛蓬展,用以恐吓其他雄鸟并吸引雌鸟。通过数日的选配,最终组建成"一夫一妻制"的家庭,开始共同筑巢,准备繁育后代。

粉红椋鸟每年繁殖一代,每窝产卵 3~8 枚,孵化 15 天后雏鸟破壳而出,经成鸟喂养 15~20 天后才离巢,离巢后幼鸟还需要成鸟喂养一段时间,并跟随成鸟学习捕食本领。6 月初,幼鸟陆续破壳之时,正是新疆草原蝗虫肆虐之时。雏鸟成长迅速,需要充足营养,食量也很大,蝗虫恰好满足了粉红椋鸟的需要。据观测,在整个繁殖季节,一只粉红椋鸟平均每天可吃掉 180 头蝗虫，控制 2 亩草场。

新疆维吾尔自治区治蝗灭鼠指挥部行政科长林峻介绍，2009 年全疆草原蝗虫呈中度偏重发生 3 千多万亩，粉红椋鸟控制面积在 700 万亩以上。粉红椋鸟数量约 600 万只。目前，新疆 23 个县建有人工招引粉红椋鸟巢穴，人工招引粉红椋鸟巢穴 6 万多立方米。沙孜草原建有 1 万多立方米，是全疆最大、最集中的生物灭蝗示范区。从 2001 年至今，粉红椋鸟已经完全取代了萨孜草原化学药物灭蝗的历史。今年来到萨孜草原繁殖的粉红椋鸟约 8 万只，7 月中下旬，粉红椋鸟离开时，数量已经达到了 20 万只。

有意思的是粉红椋鸟在繁殖地是灭蝗高手，据说，回到南亚等国，粉红椋鸟就变成以谷物为主食的害鸟。这同样是一种自然趣事。

托热加依劳草原上的怪圈

英国麦田怪圈,曾经引起世界的好奇,后来证实,所谓的麦田怪圈,大多是人为恶搞的结果。巴尔鲁克山区托热加依劳草原上的怪圈,同样是人为形成的,只不过由于年代久远的缘故,这些怪圈一经发现,就引来了人们各种各样的不同猜想。

五一期间,我先后两次来到托热加依劳草原,追寻着这些神秘怪圈,在一片茫然过后,陷入了古代草原文明留给我们的迷局之中。

忽视的图案

或许是托热加依劳草原的牧草过于茂盛掩盖了图案,也可能是人们已经习惯了草原上这些奇怪的图案,总之,在新疆维吾尔自治区文物考古研究所研究员张平先生首次注意到草原上这些图案之前，没有人谈起过托热加依劳草原上的图案，各种文献资料对此也没有记载。正如陪同我采访的李庆武所说的：我从小就在托热加依劳草原上跑着玩，怎么从来没有发现这些东西呢？

2006 年春天，张平先生在裕民县作田野考古调查。该县保存最完好的托热加依劳草原上分布的一些以圆形为主的图案，引起张平的注意。经过初步勘察，这些图案显然是人工留下的痕迹。那么谁会在草原上留下这些痕迹，它们的是做什么用的。自己搞了几十年考古，几乎跑遍了新疆草原牧区，为什么在其他地区没有发现这样的图案呢？一系列疑惑困扰着张平。遗憾的是，由于时间有限，当时张平先生并没有对此展开研究。转眼间两年过去了，托热加依劳草原上的图案依然像谜一样萦绕在张平心头。

我们进入托热加依劳草原以后，很快就发现了一个呈长方形的图案，准确地说是某种遗迹。遗迹宽约 6 米，长在 20 米以上。遗迹四周隆起有明显的土埂，土埂上以及土埂内的地面上生长着牧草，这些牧草与草原上的其他植被的分布情况上完全一致，由此，我们否定了这个遗迹是现代牧民所为的说法。因为，草原一旦遭到人为破坏，几十年，甚至上百年，其植被不可能恢复到原有状态。

我们还在观察遗迹，李庆武在遗迹的前方又发现了一个怪圈，这是个直径在 10 米左右，外层有明显凹陷，中间隆起的圆形怪圈。这个怪圈立即让我联想到草原上大户人家的毡房。怪圈尺寸的大小，符合哈萨克族牧民搭建毡房留下的痕迹。但是，怪圈中间隆起，四周凹陷的情况，又与哈萨克族牧民搭建毡房，将整个地面垫高的习惯明显不同。怪圈上的牧草与周围的牧草没有区别，这个怪圈(遗迹)的年代同样很古老。

贵族游牧场

托热加依劳，哈萨克族语为贵族游牧地之意。现有可查的资料显示，在很长的历史时期内，托热加依劳草原一直是游牧在巴尔鲁克山区的哈萨克族贵族(牧主)的夏牧场。那么这些贵族为什么喜欢托热加依劳草原呢？

托热加依劳草原位于巴尔鲁克山中部山区，这里丘陵起伏平缓，直到目前依然是巴尔鲁克山区最好的天然夏牧场之一。托热加依劳草原还有一点是其他夏牧场难以比拟，即优质牧草种类繁多。新疆牧区的夏牧场一般在海拔 2000 米以上的高山区域，高寒的气候特征，决定了大多数夏牧场植被主要为耐寒的禾本科牧草。托热加依劳草原平均海拔在 1200 米以下，其地理位置又处于巴尔鲁克山迎风坡面，温暖的气候和丰沛的降水，造就了托热加依劳草原植被种类的多样性。冰草、羽毛草、百里香、蒲公英、野豌豆、野蒜、野芹菜、草莓等等优质牧草，春夏秋季节将整个大地铺盖得严严实实。似乎是在调和这种单调的绿，早春时节，托热加依劳草原背阴处的积雪，还在延续着冬天的梦，向阳的草地上成片成片明黄色的毛茛花就绽放了，随后，各色不同的山花，就仿佛参加大自然举办的花展，将整个草原装点成了一张五彩织就的大地毯。

托热加依劳草原优美的景色，适宜的气候，明媚的阳光，不仅造就了巴尔鲁克山区最美的夏牧场，也为一年一度的草原夏季盛会——阿肯弹唱会——提供了天然的大舞台。

2006 年夏天，我曾经参加了一次在托热加依劳草原举办的阿肯弹唱会，那次阿肯弹唱会的规模之大，场面之热烈完全超出了我的想象。后来，我才了解到这次阿肯弹唱会的规模，直到现在，依然是北疆牧区有记载的阿肯弹唱会中最大的。

神秘怪圈

我们在托热加依劳草原上跑了一天时间，草原上分布的以圆形居多的遗迹数量之大远远超过了我们的想象，其中，有些图案(遗迹)相互连接，竟然呈现出阴阳八卦形状。日落前，我们来到草原东面的一座丘陵顶部。登高望远，环顾周围的草原，颇有一番会当凌绝顶的豪迈之感。

我把目光移向对面低地的草原，草原上突然出现了一些似曾熟悉的怪圈，我脑海中随即跳出"麦田怪圈"四个字。西南方向的草原上同样分布着几个大小不等的怪圈。怎么会出现这种情况呢？揣着疑虑，我们迅速赶到发现怪圈的地方，原来草原上这些神秘的怪圈，就是我们曾经考察过的草原遗迹。这些遗迹在光线的作用下，就如同大自然盖在草原上的图章，清晰的显现了出来。

这种情况不能不让人把这些神秘的怪圈与草原上随处可见的古墓葬联系起来。托热加依劳草原古墓葬大多已经成为草原的一部分，好在前往托热加依劳草原之前我专程请教过张平先生，同时，自己也积累了一些草原文化方面的知识，因此，面对那些就像丘陵一般表面长满野草的古墓葬，我还是轻易地就发现了人工堆砌的痕迹。除了那些显而易见使用石块做封堆的古墓以外，我们找到的最大的土敦墓直径约 60 米，高 3 米。从远处观察这个大墓，墓葬就是一座丘陵。资料显示，托热加依劳草原现存古墓葬共百余座。专家推断墓葬多为塞克、乌孙墓葬。

与托热加依劳草原山水相连的巴尔达库尔还保存有大量的岩画。岩画分布的区域内丘陵起伏、草木丛生，山上危岩耸立，山下沟壑纵横。在略高于周围山丘一片裸露的褐红岩石上，大约刻凿有 40 多处 500 多幅岩画。岩画的内容生动的反映了先民放牧、生活、娱乐的场景。生动活泼的生活画面，以及对生殖的大胆描述，形象地反映了当时自给自足的原始牧业社会生活景象，反映了古代当地居民生殖崇拜，期盼部族人丁兴旺的愿望。此外还有关于马、牛、羊、鹿、熊等动物的描绘。除巴尔达库尔岩画以外，当地还分布有丘尔丘特岩画、黑山头岩画、红石泉等岩画。专家初步考证，这些岩画距今年代久远，是古代居住这一地区的先民的遗迹。神秘怪圈（遗迹）、古墓葬、岩画，如果把这些遗存联系起来，我们很轻易地就能发现围绕着这片草原曾经发生过的一切。

遥望阿拉湖

阿拉湖是毗邻巴尔鲁克山，位于哈萨克斯坦境内的一个椭圆形湖泊。相传唐代诗人李白的出生地碎叶城就在阿拉湖畔。历史早已经过去，传说也有许多不确定的东西。现实却是真实的，阿拉湖的来水主要依靠巴尔鲁克山融化的雪水，或许正是这个原因吧，阿拉湖也以自身独特的方式回报了巴尔鲁克山——在托热加依劳草原上观阿拉湖日落。

托热加依劳草原春天降水量较大，同时，由于空气湿度较高，这个季节阿拉湖大多数时间都隐藏在水七烟岚的云雾之中。进入夏季，托热加依劳草原迎来云淡风轻，草长莺飞的黄金旅游季节。天气晴朗的下午，草原上的人们享受着从阿拉湖飘来的清新湿润的空气。放眼阿拉湖，辽阔的湖面，烟波浩渺，气势恢宏，两座湖心小岛在夕阳的薄雾中隐约可见，宛如传说中的蓬莱仙岛。黄昏来临，晚霞与湖水交相辉映，火烧似的阿拉湖夕照在半空中呈现出一片绚丽夺目的亮光，周围是满天的火烧云，天水相连，云蒸霞蔚，湖水与夕阳交相辉映变幻出的鲜红色，不仅浸透了草原上的植被花卉，甚至将海拔3000多米的巴尔鲁克山主峰也染成了迷幻般的红色。

此时，你会禁不住猜想越过阿拉湖，西南方向既为哈萨克斯坦南部大草原，继续向前便进入了俄罗斯南部区域。从阿拉湖直接向南，即可抵达中亚乃至南亚各国。这不正是一条连接欧亚大陆的草原之路。处在这条通道上的托热加依劳草原位置是何等重要啊。

张平先生推断，托热加依劳草原发现的怪圈以及其他形状的痕迹，很可能就是草原先民留下来建筑遗迹。联系到当地众多古墓葬、岩画以及托热加依劳草原的地理位置，这里很可能是古代游牧民族的一个夏季活动中心。

张平认为有必要对托热加依劳草原进行详尽地调查研究。

准噶尔盆地荒漠探秘

2008 年 5 月 27 日,炎热的夏天早已经降临准噶尔盆地荒漠,从那里吹来的风似乎都带着酷热、干旱的死亡气息,为了证实传说中海蓝宝石以及神秘远古生物化石的真实性,我们冒险进入了富蕴县南部准噶尔盆地荒漠……

神秘南戈壁

近年来,随着收藏热的兴盛,富蕴县经营宝石的店铺内出现了许多美丽的玛瑙、硅化木、石英石、动植物化石,甚至有恐龙、猛犸象等远古大型动物化石。如果你打听这些稀罕物的来历,当地人大多会脱口而出"南戈壁"。最让人纳闷的是,从去年开始,富蕴县海蓝宝石市场上竟然出现一些神秘的戈壁海蓝宝石。这种形状犹如和田玉籽料一般的海蓝宝石,一时间,让当地许多久经沙场的海蓝宝石专家也犯起了嘀咕。

那么南戈壁究竟是个什么样的风水宝地？难道这些宝物真的出自南戈壁？

富蕴县位于准噶尔盆地北部阿尔泰山脉前山区域额尔齐斯河谷地带,其县域管辖面积的东南部,有相当一部分深入了准噶尔盆地,富蕴县所说的南戈壁,也就是指准噶尔盆地北缘广阔的荒漠、戈壁区域。

在富蕴县的历史上，关于南部戈壁、荒漠的传说有很多。其中,仅南戈壁的风,就有冬、夏两种之说。冬季从南戈壁吹来的风,被认为是气温剧烈下降的前兆。如果夏季南戈壁起风了,则预示着酷暑的到来。据说,掌管这两种风的是个性格乖张被称为"疯(风)婆婆"老女人,即使在这个老女人心情最好的时候,她也时常释放出一些大大小小的旋风,巡视她的领地。还有传说,南戈壁中埋藏着庞大的古墓葬群以及神秘的动物等等,因此,夜里的戈壁荒原往往发出一些奇怪的响声。最有意思的则是与财宝有关的传说故事。

正是这些关于财宝的传说故事，刺激着许多冒险者,不顾一切走进了南戈壁,并且发现了南戈壁一系列真实的宝藏。

戈壁奇遇

富蕴县是我国海蓝宝石和碧玺之乡，这些美丽的宝石一般出自富蕴县北部阿尔泰山脉的崇山峻岭。南戈壁发现海蓝宝石的消息传出之后，富蕴县宝石经营者立即做出了反应。我们的向导美石轩老板张月东就是其中之一。

据说，发现戈壁海蓝宝石的区域叫"稀里糊涂"，这个地名是当地一位哈萨克族荒原探宝者，使用汉语描述发现海蓝宝石的地方时随口说出来以后被人们记住的，意思是指有戈壁海蓝宝石的地方很容易让人迷失方向。

张月东个头不高却是一个很有男人气质的宝石老板，刚开始他拒绝了为我们做向导。后来，大概是我的诚意最终打动了这个男人，他不仅答应我们找到"稀里糊涂"，而且愿意带我们前往发现恐龙化石的地方。

27日一大早，我们离开富蕴县城先向西，然后折向正南方向，一个小时以后，沿着石油单位搞勘探碾压出来土路，我们进入了准噶尔盆地北部的荒原。对宝石的憧憬，让我们误以为荒漠中所有的发光体都成了稀罕物，时间被一次次耗费在这种荒诞的错误中。接近11点时，荒原突然改变了面目，滚滚热浪在大地上蒸腾着缥缈的蜃气，酷热透过车体进入了车内。

矮小稀疏的麻黄、梭梭、盐节木等荒漠植物,似乎已经精疲力竭,呆头呆脑的趴在荒原上,准备迎接即将到来的高温。远处出现一条灰白色的垂直烟尘带,它似乎凝固了一般,耸立在天地之间。任新意笑着说:疯婆婆知道我们来了,正在观察咱们的动向呢。

旋风的右侧出现了一个黑点,不久,黑点变成了一个骑摩托的人。张月东凝视了片刻说:慢点。这个人身上可能有石头(宝石)。

我们迎着摩托车停了下来。张月东麻利的跳下车招呼骑摩托的男子停车,男子迟疑了一下,在我们的车边停了下来。这是位中年哈萨克族男人,从他的脸色可以判断出,这是一个经常在恶劣环境出没的戈壁探宝者。

不出张月东所料,中年男人果然是从"稀里糊涂"寻宝归来。他在"稀里糊涂"待了5天,收获了200多克海蓝宝石。其中,两颗花芸豆大小的海蓝宝石质地不错,张月东想收归己有,无奈对方要价太高,他只好放弃了。

回到车内,张月东说,如果再遇到拣宝石的人,最好你不要下车,因为你的体型和长相太像大老板了,他们见到你这样的人开价肯定高。我哈哈大笑起来。至于这些海蓝宝石的真实价格,张月东说,应该在2000元左右。

海蓝宝石

在荒原上见到蓝莹莹的海蓝宝石，顿时鼓舞了大家的兴致。在接下来的一个多小时的路程中，我们谈论着宝石，那情形似乎满地海蓝宝石正在远方等待着我们。

接近发现戈壁海蓝宝石的区域之后，地面上的黑褐色戈壁石渐渐变成了五彩斑斓的小石头，它们主要是些石英石、戈壁玉、玛瑙、水晶等。这些石头在阳光的照射下，似乎全部变成了宝石，引诱着我们不时停车搜寻一番。张月东则不停的观望着四周的地形，他的任务很重，他不仅要带着我们找到海蓝宝石，而且要记住我们曾经走过每一个地方，保证我们能够从"稀里糊涂"安全的返回。

尽管张月东自称对"稀里糊涂"很熟悉，我们还是被一列看不到尽头的土岗（雅丹地貌）挡住前行的道路。张月东说土岗上面就是连片的大戈壁，面积可能有几十万亩，包括我们所处的地方都有海蓝宝石。此言一出，我们便顾不得寻找登上高岗的路径，四散开来，搜索起自己心目当中的海蓝宝石。

海蓝宝石固然诱人，但是，寻找海蓝宝石的过程却异常艰难。烈日分明不怀好意地炙烤着我们的信心，世界变成了一个大火炉，眼下的光景也非常难耐。耀眼的阳光倾泻在满地杂色的石头上，这些普通的石头似乎也具有发光本事，闪烁着黄白色的光。不一会儿工夫，我们就被这些石头搞的头昏目眩，失去了耐心。

大家回到越野车形成的一小片阴凉处，胡乱啃了几口干馕，灌了一肚子矿泉水。有人建议立即离开这片死亡之地。我知道我无法忍受高温，也不可能靠发现一块宝石成为暴发户，但是，我的目的非常明确，我们至少要找到一块宝石。此时，海蓝宝石的价值已经不重要了，我们必须要找到宝石不过是一种需要，确切地说就是新闻的需要。

我揣了两瓶水离开了车辆。半躺在车阴凉当中的张月东严肃地说：你可不能学彭家木，一走就没有音讯。不要走远了。

在前面的寻找过程中，我发现了许多人为留下的痕迹，也就是说已经有人在我们之前，不止一次光顾了这里。因此，我决定前往地表石头较少的地方碰碰运气。前方一道黄土岗表面散布着一片几十平方米的戈壁石，黄土岗下面没有任何人为痕迹，我爬上土岗，在石头中一寸一寸地搜寻着。我眼睛的余光却在不经意间被几米以外一点蓝光吸引住了。几乎没有细看，我便确定那里是一块海蓝宝石。因为，在我眼睛的余光发现它的时候，我有一种强烈的感觉，海蓝宝石正在那里等着我。

随后,我们的另一个同伴也找了一块海蓝宝石。

沧海桑田

我们离开"稀里糊涂"时,张月东道出了不愿意做向导的原因。"稀里糊涂"发现戈壁海蓝宝石以后,许多人设法闯进了戈壁,地表宝石数量本身就很少,又经过人们拣拾,因此,发现宝石的概率更低。他担心找不到宝石,无法交代。现在宝石找到了,他做向导的任务也完成了一半了,大家心里都很满意。张月东还向我们透露了这样一个秘密:南戈壁下过暴雨或者刮大风之后,收获将要大得多。

算一算时间,我们在"稀里糊涂"的时间还不足两小时。

张月东是土生土长的富蕴县人,他当过兵,在企业里也干过一段时间,后来,便与石头(宝石)打起交道。

经营石头需要非常精准的眼力,这种眼力除了经验之外靠的是知识。张月东曾经在海蓝宝石上吃过亏,从那以后,他开始阅读各种地质矿产方面的专业书籍,并且很快掌握了经营宝石必须具备的知识。大概四年前,在南戈壁拣玛瑙的人发现了一些石头化的骨头,随后,大量的各种各样的化石进入了当地石头市场,张月东又开始琢磨起了化石。

去年春天，张月东的一个固定供货者称南戈壁下暴雨冲出了一段像树干一样粗的大骨头，张月东随即赶到了现场，并且用 3 天时间，将这块长 1.6 米，重达 300 多千克的大骨头从沙土中清理了出来。当年十月，中国地质博物馆方晓思研究员偶然光顾美石轩，他立即被张月东收藏的这根大骨头吸引住了。并认定这是一块完整的恐龙腿骨化石。同时，他还破解了张月东收藏的其他化石的身世之谜。它们分别是剑齿虎、猛犸象、鹿、三叶虫、乌龟等远古生物的化石。

有意思的是，这块恐龙化石亮相美石轩不久，一位在富蕴县旅游的外国客人，开出 20 万元的价格，希望得到化石，张月东却拒绝了。他的理由很简单，中国的东西就是中国的。

经过两个多小时的行驶，我们来到了发现恐龙腿骨的雅丹地貌区域。同样的酷热和长途奔波导致的疲惫，让我们在最短的时间内逃离了这里。

回首这片寸草不生的荒原，联想到恐龙，我感受到了大自然沧海桑田的威力。

草原鼠探秘

　　新疆北部历来是我国主要的传统畜牧业地区之一,多种形态的草原,不仅乘载着大量的牛羊等牲畜,也为各种野生动物提供了优越的栖息空间。多数年份,家畜与野生动物和谐相处,维持着草原上的生态平衡。有时候,一些小小的啮齿类动物就把这种平衡颠覆了,它们是我们既熟悉,又相对陌生的老鼠。

　　2009 年 4 月末,我在有效草场面积达 8580 万亩的塔城地区采访,了解到一些有趣的有关草原鼠类与草原以及人类之间的有趣事情。

谁动了我的奶酪

　　对于人类而言,天然草地是畜牧业的饲草基地之一,草地产草量的多少，直接影响着畜牧业的发展。对于鼠类来说，牧草的优劣，同样关乎它们的生存。不过，现在的话语权掌握在人类的手中，因此，谈起草原鼠我们首先想到的是鼠害。

鼠类大多以植物为食，生活在天然草地的鼠类大都以禾本科、莎草科、豆科和杂类草中的优良牧草为主要食物，而这类野草恰恰也是家畜的奶酪，人与鼠之间的矛盾就这样不可避免的发生了。

草原鼠种是一类组织结构复杂，并且具有强烈的类似"部落"意识的生命群体。它们的采食行为与家畜在食物来源上展开了争夺，它们建造房屋的挖掘活动则切断或损伤植物根系，影响植物的生长发育，甚至导致植物死亡。春季牧草返青前后，是多数草原鼠类大兴土木的时期，它们挖洞时把大量的下层土壤推到地面，在洞口前形成大小不一的土丘，在土丘覆压下，一些顶土力弱的优良牧草均黄化而死亡，降低了草群的生产力。此外，草原鼠的房屋一般选址在肥力最丰富的土壤层，是草原植物的养料源泉，草原鼠在这一沃土层挖洞造房，结果肥沃的土壤翻到地面，土壤中的水分也随着变化大量蒸发，遇到干旱多风的天气，这些疏松的土丘往往随风飘起，导致土壤肥力的大量损失。

草原鼠不加控制的活动，还能够引发这样结果：优良牧草减少或消亡,适口性差或有毒植物得以保存并大量滋生,使原有植物群落的种类和数量发生变化,甚至失去互相依赖和制约的关系,处于不稳定的状态,并向新的稳定方向发展,从而导致草原植物群落的演替。

若干年前,我在和布克赛尔蒙古自治县查干库勒乡的草原上遇到一个叫乌木尔扎克的牧民,他给我讲了这样一件恐怖的事情。鼠害发生的年份,草原上遍布密集的土堆,土堆下面隐藏着无数陷阱。假如在这样的区域骑马驰骋,马蹄一旦踩塌鼠洞,摔个人仰马翻算是幸运的事情。弄不好,则会发生马腿折断,骑手伤残的事故。

活泼的赤颊黄鼠

进入夏季,经常在北疆地区行走的人们,常常会在公路上看到这样一幕:冷不丁,一只黄色的大老鼠从路面上横穿而过,许多老鼠因此丧命于这种无视交通规则的行为。这种胆大妄为的草原鼠就是赤颊黄鼠。

我们可能会产生赤颊黄鼠的这个举动太愚蠢了,却不知道,这种冒险对于一只赤颊黄鼠来说就是生存的必须。因为,公路对面它们的领地很可能发生了某种变故,假如不赶过去查看究竟,它的领地或整个家族就会易手。另一种可能

　　就是这只冒险的赤颊黄鼠,期待在对面扩展领地,不料却遭到了同类杀伐,如果不仓皇返回自己的地面,结局只有一个:被同类杀死。

　　赤颊黄鼠是新疆北部荒漠、半荒漠草原的典型代表鼠种,栖息于生长着针茅、蒿类、葱类、禾草类、锦鸡儿花等植物的高平原台地、洼地或湖盆的缓坡地以及河谷地和与河漫滩相嵌的阶地上。赤颊黄鼠体形粗壮,毛色鲜艳,背部灰黄色,并隐约出现黑色小斑点,特别是头顶和颊部的锈色斑可作为鉴别的依据。腹毛淡黄色,与背毛有明显的差别,尾毛色浅,为单一的淡黄色,尾端毛尖更淡,几乎呈白色。据说,最大的个体体重可达半千克左右。

　　资料显示,赤颊黄鼠的食性比较简单,主要以葱类和一二年生的禾草类的营养部分为食。冬眠刚出蛰时,有时也吃少量动物性食物——甲虫和蜥蝎。洞系的构造类同于其他黄鼠,分久居洞和临时洞两类。赤颊黄鼠有蛰眠习性,以度过不良的自然条件。赤颊黄鼠每年繁殖一次,出蛰的同时几乎就进入繁殖阶段。

　　在众多草原鼠类之中,赤颊黄鼠是一种最不安分的老鼠。对领地强烈的占有和扩张意识,造就了赤颊黄鼠适应能力强,分布广的特性。

　　2007 年夏天,塔城地区鼠蝗测报站站长梁卫国在阿吾斯奇草原目睹了赤颊黄鼠之间的一场格斗。一般情况下，任何草原鼠对人类都有一种防范意识，一向胆大的赤颊黄鼠也不例外。当时，天气非常炎热，发现有人侵入它们的领地，许多赤颊黄鼠纷纷逃向自己的洞穴附近。但是，有几只赤颊黄鼠却纠缠在一起疯狂地撕咬着。

随着梁卫国等人接近这些厮杀着的赤颊黄鼠时，有几只赤颊黄鼠先后躲进洞穴，只探出脑袋观察着四周的动静。草地上只剩下两只已经完全疯狂的赤颊黄鼠。两只赤颊黄鼠抱成一团，在草地上翻滚着，继续着它们之间地厮杀。最终，一只赤颊黄鼠胆怯了，它开始仓皇逃窜，胜者则紧追不舍，不久，两只赤颊黄鼠一前一后消失在灌木丛中。

地下的幽灵

除了赤颊黄鼠、黄兔尾鼠、旱獭等草原鼠以外，北疆草原上还分布着一种神秘的家伙：鼹形田鼠。顾名思义，这种老鼠长相如鼹鼠，大小则与田鼠相似。

如果你有幸逮到一只鼹形田鼠，你会发现这种体长10厘米左右、体毛灰棕色的鼹形田鼠眼睛已经退化，耳朵退化成耳区毛被之下的一耳孔，上门齿向上唇外突出，前足铲状等适于挖掘以及适应地下洞道生活的形体结构。

相关资料是这样介绍鼹形田鼠的:洞穴生活鼠类,洞道比较复杂,主洞道为采食及进出行动的通道,长 10 米或 20 米甚或百米。长短与地面植被生态状况相关。植被茂密洞道短,反之则长。鼹形田鼠掘洞时将洞内土推出地面,每隔一段即有一堆土丘。土推出后即堵塞洞口。主洞道深处有窝室,窝室为主洞道扩大部分。窝建在窝室中间,以干枯柔草构成,是鼹形田鼠栖居和繁殖的地方。白天在地下活动,夜间到地面觅食。以植物性食料为主,啃根及地下部分。4~10 月间繁殖,年繁殖 3~4 次,每胎 2~7 仔。

我在塔城地区采访期间,梁卫国刚刚从野外调查回来。他们在鼹形田鼠传统的栖息地之一,塔尔巴哈台前山区域,追踪着鼹形田鼠掏挖洞穴形成的新鲜土堆,连续挖掘了多个区域,结果一只鼹形田鼠也没有发现。没有找到鼹形田鼠并不等于鼹形田鼠就不会形成危害,从连片的新鲜土堆判断,今年这一带鼹形田鼠已经呈现出中度偏重发生的事态,找不到鼹形田鼠只能说明鼹形田鼠这种地下幽灵的行踪诡秘。

挖掘的结果虽然让人失望,但是,通过这种挖掘,梁卫国也发现了鼹形田鼠在地下世界的一些私密。

如同其他鼠类一样,鼹形田鼠的起居场所非常考究。卧室、厕所、储藏室井井有条,最神奇的则是鼹形田鼠出行的通道,处处是死胡同,处处又是暗道命门。其中的奥妙大概只有这种习惯了地下生活的家伙,才能够知晓。

天敌与自我毁灭

如果我们从一个物种的角度来审视草原鼠类,它们无疑是草原上非常成功,而且异常强大具有自我防控意识的族群。

游弋在草原上空的鹰、隼、雕等都是鼠类的天敌,草丛中则暗藏着蛇、狐、狼等杀手,甚至黑夜中也潜伏着猫头鹰等猎手,还有其自身的恶性传染性疾病鼠疫等。草原鼠类抵御天敌的唯一手段,似乎只有逃遁以及旺盛的繁殖能力。这是一种不公平的竞争,但是,它们却在这个前提下成为草原生物链中不可缺失的一个环节。

梁卫国告诉我,对于草原鼠害的防治,并不是要灭绝老鼠,而是一种合理的控制,也就是将老鼠的数量控制在一定数量之内。假如草原上的老鼠真的灭绝了,一个完整的生物链就断了,结果就是一场生态灾难。

鼠害突然爆发的原因还有待人类进一步探索。人类在与老鼠的对决过程中,也发现了一些老鼠自身防控种群数量过大,避免可能出现食物缺乏的行为。比如,有些干旱年份,鼠类利用调剂生育能力,缓解对生存环境的压力。最让人吃惊的则是民间传说鼠害大爆发的年份,发展到最后,老鼠会在某种神秘力量的控制下,采取集体自杀的方式,把有限的草地让给同类,保持物种的繁衍。

我就此采访了研究草原鼠害的专家尹生春,他说,塔城地区草原鼠类种群数量超过一定的密度之后,的确出现过鼠群集体投水自杀等奇怪现象,目前理论上还无法解释或者解释不通老鼠的这种怪异行为。鼠类密度过大,鼠群之间往往爆发瘟疫是真实的,这种情况也就是鼠类自我控制种群密度的方法之一。不过,随着人类对老鼠的了解以及鼠害防控能力的提高,鼠害恶性大爆发的可能性越来越小,也就是说在鼠害大面积爆发之前,人类已经对此进行了有效防治。

据悉,今年塔城地区草原鼠害预计发生面积 600 万亩,偏重发生 290 万亩。其中,布克赛尔蒙古自治县 30 万亩春秋牧场、额敏县 20 万亩草场已经发生的鼠害,相对而言只是局部现象,相关部门已经开始积极防治。

天山山口隐藏的故事

　　巍峨的天山将新疆大地分成了自然环境迥异的南疆、北疆两个区域，从古至今，人们抱着山的那边有什么的好奇心理，在这座绵长数千千米的大山脉中寻找着、碰撞着。他们期待找到一条穿越天山，抵达山的那一面的路。于是车师、干沟、夏特、别迭里等山谷、隘口相继成为连接天山南北的古道。

　　世事沧桑，许多深藏在高山峡谷中的古道渐渐回归了自然。当这些古道重新出现在我们的视野，人们惊讶地发现，我们竟然忘记了许多不应该忘记的历史。

悬崖上的文字

　　清代末期，拜城县黑英山附近的天山山口发现隶书"左将军刘平国刻石"文字的消息，立即引起中外学者的关注。那么刘平国身世如何？他为什么在如此荒凉的地方留下了这些石刻文字呢？揣着好奇与疑问，我来到石刻所在的山口。

巨龙一般横卧在新疆大地上的天山，不仅将新疆分成了气候环境迥异的南疆、北疆两大区域，天山南麓和北麓也呈现出截然不同的景色，北麓迎风坡面，自下而上垂直分布有草原、森林、砾石、冰川。天山南麓的山体，则如同一道道高耸入云的石头墙壁，从荒原上拔地而起，赤裸裸地展示着天山的酮体。

如同南疆地区的多数区域一样，石刻所在的山口附近非常荒凉，极少的一些耐旱植被似乎要躲避某种劫难，枝叶完全变成了类似石头的颜色。一条大河从山口中奔腾而出，河水从天山深处携带的沙石淤积在山口一侧，形成了一道乱石累累的台地。

尽管我们知道石刻的具体位置，但是，我们还是费了很大工夫才在斑驳的石壁间找到了几个隐隐约约的汉字。风霜已经完全改变了石刻的形状，模糊的文字，模糊的线条，它们仿佛已经完成了某种使命，正在重新回归于本原：一块没有留下任何人工印记的石头。山口部位岩石上一排排人工凿刻的凹槽却非常清晰。它们似乎是石刻的注解，俯瞰着河水用沉默叙说着围绕着这个山口,曾经发生过的故事。

山口两侧是光溜溜直上直下的石壁,中间夹峙一条滔滔大河,据说,6~7月的汛期,或者山中有降雨,暴涨的河水甚至能够淹没那些古人搭建关隘留下的凹槽。一夫当关,万夫莫开,冷兵器时代的人们的确有战略眼光。

河水与关隘

山口前面的开阔地上遗留着一些石头建筑,从建筑的式样上来看,有些建筑年代似乎并不久远,山口右面较宽阔的地方还有一片类似操场的空地。

陪同我采访的当地人士刘斌说:清朝平定大小和卓叛乱还曾经利用过这条古道。民国时期,这里还驻扎有部队,操场则是士兵们的训练场。

清冽的河水撞击着死气沉沉的峭壁,奔腾而出。这是大自然的一种奇妙的现象,一切似乎都死亡了,但是,在某种死亡的压力之下,生命又从岩石中奔腾而出。河水展示的生的力量和喜悦,让我渐渐忘记了四周的环境,进而走进了那段消失的时光。

山口四周留下的东西太少了。我想走进山口体验雄关的险峻。我爬上河水堆积在山口的台地,没有想到迎面一股凛冽的寒风,险些将我掀翻在地。我以为遇到了飓风,弓腰蹲在地面躲避狂风。几分钟以后,几乎冻僵的我,连滚带爬地逃下台地。

刘斌试探着爬上台地,随后便如触电了一般,被狂风顶了回来。他哆嗦着嘟囔到:"至少有十级(风)。站都站不起来。冻死了。冻死了。"

站在坡下,一向自以为见多识广的我有些发懵了。现在是 8 月呀,怎么会有这样的寒风呢?最让人纳闷的是,台地下面暖融融的,多么奇怪呀,台地不过 5 米多高,就是这样的落差,一点风也没有,咫尺之间,简直就是两个世界。

我们面面相觑的望着山谷。我抬头仰望希望能够找到那股要命的气流,但是朗朗乾坤中没有任何异样。

我无法想象驻守山口的士兵们是怎样生活的,情形大概是这样:险峻的地形,注定了他们把守的关口不会出现大量的偷袭者,他们所要防备的只是个别探听消息的探子,有时候士兵们可能要进入山谷救援个别遇险的商队。他们的最大敌人是恶劣的环境以及人性的弱点——孤独。

遥远的男人谷

我们从山口回到黑英山乡,乡党委副书记黄林平偶然提到了一个叫阿克不拉克的地方,据说,阿克布拉克是拜城县最好的山地草原。我有些纳闷了,拜城怎么可能有草原呢?

恰好阿克不拉克自然村村长奴尔·买买提回乡政府汇报工作,奴尔·买买提给我讲述了这样一些阿克不拉克草原的情况。

十几天前,奴尔·买买提带着 20 多匹马,驮着 1 吨水泥进村了。他回来时,阿克不拉克草原上第一间用水泥浇灌地基的木板房建好了。

阿克不拉克草原或者称为阿克不拉克自然村,位于刘平国刻石东面一个封闭的山谷内,两条山谷相距不足 10 千米,据说,从阿克不拉克草原翻越几个山头,就能进入刘平国刻石所在的山谷,两个山谷中的气候植被种类完全相同。阿克不拉克草原既不通公路,也没有电及通讯设施,进出一趟村子需要骑马走两天, 由于进出阿克不拉克村需要翻越多个达坂,其中,最高的一个达坂海拔超过 4300 米,路上随时可能会发生意外,多年来除了县乡干部以外,村里几乎没有来过外人。村里的妇女以及老弱男性同样无法翻越雪山达坂,这些人只好散居在乡政府附近。于是,阿克不拉克村的人员结构就出现了一个非常奇特的现象:清一色的青壮男人,人数有 100 多。阿克不拉克自然村所在山谷也被称为

"男人谷"。2006年1月,奴尔·买买提的一个儿子就是进山途中翻越山口时,掉下山谷摔死的。

路途艰险导致生活在"男人谷"的村民们,生活起居都保持着一种最简单的原始状态。他们的住房要么是半截埋在地下的地窝子,要么是依山搭建的窝棚。谷中的男人们,一年最多下山一两次与家人团聚。

县乡领导偶然进一趟山,谷中的牧民就像鹰隼见到"猎物"一样,从四面八方迅速聚集而来。村里没有固定的建筑,村民们的窝棚又太狭窄,大家只好在林间草地上席地而坐,彻夜长谈,直到领导们离开山谷,村民们才恋恋不舍地散去。

黄林平说:外人根本无法想象进山的路有多么凶险。一匹马驮一袋水泥都很费劲。说得好听点是骑马进山,实际上,即使有马,许多路段人也不敢骑马。现在房子建好了,村干部们有了自己的阵地,村民们有了活动的场地。

"男人谷"也有美的一面,这就是山谷中的自然环境。森林、花草、雪山交相辉映,脸盆一般大小的野蘑菇几乎随处可见,野生动物也非常多。如果有人想寻找世外桃源,"男人谷"就是最好的去处。

左将军拾遗

"左将军刘平国刻石"的落款很清楚,"子孙永寿四年八月……",年号为东汉桓帝年号,也就是公元158年。

石刻中还出现了"左将军"等字,按照我国古代左为大的习俗,刘平国在龟兹无疑是一个大人物。《汉书·西域传》记载,龟兹有左右将左右都尉。由此,我们可以确信,石刻文字的真实性。不过,其中,也存在一些令人费解的东西:龟兹左将军为什么要用汉文刻字?刘平国又是什么身世呢?

公元前138年至公元前119年,张骞先后两次出使西域,作为西域大国之一的龟兹,便与中原王朝建立起了礼尚往来的关系。公元前65年,龟兹王绛宾偕夫人到长安朝贺,两人在长安居住时间竟然达到一年。此后,绛宾数次进京师朝贺,深受中原政治,文化影响。"乐汉衣服制度,治宫室,作缴道周卫,出入传呼,撞钟鼓如汉家仪式。"这些有关绛宾的历史记载,为我们探究汉文石刻出现在龟兹的原因提供了线索。

现有研究证实,龟兹使用乙种吐火罗文字,两汉时期,龟兹境内都护府等官府的文书,文告则采用汉文。

至于刘平国的身世,从清代王国维到现代著名考古专家王柄华等众多专家学者由石刻"从秦人孟伯山……"几个字推断刘平国是龟兹人。刘平国石刻的本意则是为了纪念所修筑工程的竣工。当然,也有学者认为刘平国是汉人。

实际上,刘平国是何许人并不重要,重要的是一个国家的政治经济以及文化的辐射力。汉王朝和大唐帝国曾经是世界学习和效仿的楷模,社会是向前发展的,历史已经过去。我们研究历史是为了总结经验教训,让我们的生活变得更合理更美好,国家更强盛。

老风口传奇

二月末,我从塔城市返回乌鲁木齐,途径闻名全国的老风口之时,恰好起风了,雪随风走形成的流动的雪雾,宛如铺在大地上的一层白色云絮,景色奇幻而又壮观。世事沧桑,幸运的是现在往返老风口的路人,可以心安理得将老风口的风雪当成一种景观来欣赏了,但是在 10 年、20 年以前,途径老风口,如果遇到我所看到的风雪景观,恐怖立即就会像一个幽灵紧紧攫住你的神经。那么老风口为什么会被称之为风口,人们对老风口的究竟为了什么对老风口谈之色边呢?

老风口的传说

如果没有雪,老风口充其量也不过是一条风带。但是,现实,就是这样富有戏剧性,在干旱的新疆大地上,塔城盆地恰恰是为数不多的年平均降水量在 200 毫米以上的区域,尤其是这里的冬季降雪,几乎决定着盆地内来年草原牧草和农作物收成的好坏。于是,盆地内丰沛的降雪,不知不觉成就了扼守塔城盆地东部省道 221 线出口的老风口的恶名。

有关老风口的传说,最早是流传在当地民间的邪恶的疯(风)婆婆之说。后来相继留下了樊梨花征西,成吉思汗率大军被困老风口等一系列故事。香港武侠小说泰斗之一梁羽生先生在作品中则把老风口描述成荒原上一道莫测深浅的峡谷,峡谷两侧危岩擎天相峙。风起之时,峡谷内飞沙走石,整条峡谷如妖魔一般若隐若现于混沌的狂风之中。最恐怖的是风起之时,有一种声音似乎纠合地府所有冤屈的灵魂的哭号,随着狂风一股脑地倾泻了下来,任何侠客都会在不寒而栗中丧命其中。

光绪年间,老风口附近的小山上建有一座风神庙,门楣上悬光绪皇帝御笔题写的"福佑岩疆"匾,文:老风口所横经之路,遇风难避,如数车以巨锣连缀为一,其鼓动颠簸如大浪涌舟;若一年独行虽载辎重,皆轻若片叶。路人于此被风吹时如醉如梦,身旋如车轮;目不能开,耳如万鼓乱鸣,口、鼻如物拥蔽,气不得出。

在老风口狂风的撕扯之下，风神庙也没有能够自保，据说，风神庙建成没有几年工夫，大风就把庙吹走了，原址上甚至连一块碎砖瓦也没有留下。

风从那里来

塔城盆地位于新疆西北部，是一个西部开口，三面环山的簸箕形盆地，盆地内有塔城市、托里县、额敏县、裕民县以及兵团农九师的大部分团场。

从空中俯瞰塔城盆地东北部的群山，你会发现一个奇怪的地理现象，从老风口开始，在连绵的吾尔喀夏山与加依尔山之间，有一条谷地（铁厂沟），绵延上百千米，直接通达了准噶尔盆地西部的魔鬼城区域。一头是风蚀形成的雅丹地貌魔鬼城，一头是扬名世界的老风口，显然，这不是一个偶然现象。

经过有关专家多年的研究，谜底终于揭开了。

受地形以及大气环流影响，每年秋冬季节，准噶尔盆地外泻的空气与西伯利亚东进的横扫塔城盆地的冷空气在狭长的铁厂沟谷地内相遇，于是形成了老风口冬季盛行的偏东大风。数据显示，老风口风区平均风速每秒 9 米，最大风速每秒达到 40 米，老风口有记录的一场大风，竟然连续刮了 11 天。更为严峻的是，汇集于老风口的狂风闯过狭窄的风口之后，犹如脱缰野马，一路向西南横贯塔城盆地腹地，形成面积达 800 余万亩的风害区。横扫塔城盆地的狂风暴雪，在毗邻的哈萨克斯坦阿拉湖区域也非常有名，被当地人称为"阿拉风"。

没有雪助威，老风口的风便无所谓著名了。记者多年往返乌鲁木齐市与塔城市之间，曾经多次遭遇老风口的暴风雪：1987 年在老风口道班内被困两天，1991 年在老风口被困一天一夜，2000 年记者参与塔城盆地 50 年不遇的暴风雪的采访，因此，记者对老风口的风雪多少有些体验。

老风口起风之时，朗朗乾坤顿时陷入白茫茫浑天浑地的雪暴之中。风借雪势，雪助风威，巨大的声响如万马奔腾，似海啸雷鸣，撕扯着、摇撼着老风口区域任何凸起之物。视线降为零，气温急剧下降，其中，最要命的是这里的风呈螺旋状，人处在这种风之中，有一种强烈的窒息感，这种窒息感能够迅速击溃人的神经，最终将人冻伤冻死。

真实的历史

1952 年 11 月 20 日，额敏县牧场转场途径老风口，受到老风口暴风雪袭击，冻伤 9 人，冻死 1 人，冻死牲畜 800

多只。

1966年1月31日,托里县、额敏县发生强寒潮,两县在老风口地带工作的人员因风雪迷失方向,冻伤多人,冻死6人。

1967年春节前夕,老风口大雪封路,运送年货的车辆无法通行,塔城盆地变成雪原上的孤岛,后来动用飞机才保证了塔城盆地居民春节的物资供应。

1968年,塔城盆地雪大,老风口积雪厚度超过电话线杆,公路阻塞一个月,邮件、货物大量积压,塔城盆地数万人奔赴老风口铲雪。

1986年12月7日,老风口路段发生雪暴,130余人,90多辆车辆被困暴风雪之中,冻伤121人,冻死23人;老风口沿线牲畜死亡3万多只。

以上事件,是我从《塔城地区志》摘录的部分内容。

1990年以后发生在老风口的故事,虽然还没有录入志书,但是,来自各个方面的信息表明,从1995年到现在,除了2000年冬天由于50年不遇的特大暴风雪原因,造成多人死亡之外,老风口冬季的暴风雪逐渐变成了历史,冬季人们也不再担心老风口封路。

那么同样是冬天,同样是雪,老风口发生了什么?

人与风的肉搏

有准确记录的人对老风口的治理，起始于新中国成立以后。在 1993 年以前，为了治理老风口的风雪灾害，人类曾经在这里使用了多种方法，建导风板，筑挡雪墙，修阻雪堤，种树。建立老风口道班，设置专用电台，甚至引进了装甲车。但是，灾害依然年年发生，人员伤亡情况仍然不断。

鉴于此，在 20 世纪 80 年代，有人提出在老风口建设隧道的设想。

林业专家，现任老风口负责人刘仕光告诉记者，在 20 世纪 50 年代中期老风口就尝试采用植树造林的方法降伏暴风雪，但是，由于老风口防风工程太庞大，老风口植树成活率太低等一系列原因，千古荒原老风口虽然有了一些树木，但是，却无法发挥防风阻雪的作用。

经过翔实的科学论证，1993 年，庞大的老风口综合治理工程拉开了序幕。到 1995 年，老风口新植林区面积已经达到了 1 万亩，在老风口风道上形成了一条长近 10 千米，宽 3 千米的绿色屏障。这一年还出现了树林有多高，林中积雪有多厚的情况，人们期待多年的以林防风固雪的目的变成了现实。在老风口大面积植树成功是个奇迹，人们途径老风口在惊诧这个绿色奇迹的同时,不知不觉的发现,曾经让人谈之色边的老风口的暴风雪,突然也减弱,甚至销声匿迹了。

2002年老风口二期生态治理工程完成后,12.6万亩生态林在这片曾经狂风肆虐的土地上架起了长28千米,宽3千米的绿色长廊。

老风口的暴风雪终于走进了历史。

防风奇迹

老风口生态治理还带来了一个意外的收获——老风口林区变成了一个每年冬季积雪8000多万立方米,融化之后相当于一座蓄水量达3800万立方米水量的天然水库。

刘仕光说:随着生态林的成林,老风口的环境变化太明显了。以前在老风口过夜,早晨醒来,鼻子里面干得都出血,现在则完全变了。据相关部门连续测算的数据显示,林区内的风速较旷野低40%左右,空气相对湿度提高了30%左右。每年3800万立方米的水量渗入地下,不仅补充了林区内的地下水,林区周边的荒原也受益匪浅,从前的荒漠,近年来已经披上了茸茸的绿色。另一个可喜的变化是,老风口的植被种类也多样起来,多种多样植被种类,对改良和保持老风口水土又起了明显的作用。

　　刘仕光说,目前,老风口三期工程已经上马,未来5年之内,以老风口为中心的生态治理工程,将为塔城盆地带来新的20万亩生态林。而老风口林区从去年开始的建设绿色蔬菜瓜果基地的试验也获得了成功,昔日荒凉之地,正在为建设绿色食品基地努力着,此举将实现老风口生态工程以林养林的良性循环。

　　老风口生态建设前任总指挥唐定邦曾经对记者说过这样一段话:历史早已经告诉我们人在自然中的位置,高不得低不得;人对自然的行为,轻不得重不得。人与自然的"与"是科学,更是艺术。老风口生态工程实际上就是人把丢失的东西重新找回来,按照自然的法则办事。

从草原到麦田，第一次的感觉

伴随生命的成长和消亡，我们要经历许多第一次。一般情况下，他们都是自然和理所当然，甚至在不知不觉间发生的。当这种改变降落在具有悠久历史传统的群体，涉及生产和生活方式，社会变革便到来了。新春时节，我在裕民县，了解了一些发生在哈萨克族牧民定居过程中的故事。

1

2003 年秋天，裕民县阿勒腾也木勒乡牧民朱尔森·吐拉什和同村的姑娘库曼依结婚了。第二年，草原上传来政府即将实施牧民定居的消息。据说，定居采取自愿方式，定居以后草场还是牧民的。定居点不仅修建道路、通电、通自来水等生活配套设施，凡是定居的牧民每家还补贴 5000 元钱。

朱尔森心动了。

立秋以后，阿勒腾也木勒乡的牧民先后转到了山前区的春秋牧场，再过一个月，牧民就要转往遥远的冬牧场。为了赶在牧民进入冬牧场之前把定居工作做扎实，乡里派出各种各样的工作动员组走马灯似的一个毡房，一个毡房做动员工作，朱尔森了解一些诸如牧民不会种地怎么办，吃水等等情况，得到满意的答案，他立即就报了名。

9 月中旬，牧民新村江阿布拉克村的宅基地以每户 3 亩的面积划分结束，随后，耕地也按照每户 50 亩面积做了相应记号，只等牧民抓阄，宅基地和耕地就属于牧民的财产了。朱尔森抓到了村东头紧邻大田的宅基地，他的 50 亩耕地处在大田的中间部位。尽管抓阄结果已经登记再册，抓阄结束之后，朱尔森还是不放心似的搬了两块卵石搁在宅基地上。库曼依却不敢相信就凭一个纸团，那些土地就成为自己家的财产。库曼依几乎带着哽咽的腔调语无伦次地对朱尔森说着："天呀，我们什么都没有，房子怎么盖。我们真的可以把房子盖起来？我们还要盖一个牛棚，一个羊圈。谁帮我在房子里修一个热炕。对，是热炕，可以烧火的热炕……热热乎乎的热炕。"

库曼依的话让朱尔森蓦然想起熟悉的牧区生活，他抬起头注视着东面的巴尔鲁克山。夏牧场所在的高山区域已经被皑皑白雪覆盖,白雪下面覆盖着他的草场,以及祖先们的坟墓。朱尔森就在那个白雪覆盖的草场上长大,也是在那里建立了自己的家室。他回忆起小时候登上那座最高的大山,从那里可以眺望到山外面的村庄和树木。那时,他对山外面的世界充满了好奇。他总觉得有一天,自己会走进山外面的村庄和树林,看一看究竟是什么吸引着一个草原上的孩子。现在童年的梦想即将成真,蓦然间他觉得自己有些孤独无援,就像游荡在草原上的一只孤狼,居无定所四处漂泊。当他再次把目光投向巴尔鲁克山,他觉得白雪覆盖的夏牧场是那样遥远,通往夏牧场的路竟然那样漫长。泪水顺着朱尔森的脸颊滚落下来。

2

2005 年春天,朱尔森采用带牧方式将羊群交给其他牧民,他和妻子带着刚满一岁的孩子将毡房扎在了江阿布拉克村自己的宅基地上。第二天,一场绵绵春雨淅淅沥沥的降临江阿布拉克村。朱尔森要干的事情太多了,联系施工队、买材料、买铁锹、买菜种子……朱尔森坐卧不宁的注视着阴霾的天空,库曼依脸也堆满了愁容。下午,雨依然下个不停,朱尔森等不及了,他拉着库曼依,径直来到院子的东南角,在空荡荡的院子里规划起未来的居家格局。

他一边在泥地上丈量着，一面对库曼依说："我早就想好了。我们要留出足够的菜地。天气晴了，我到县城买果子树苗，我们要种上自己的苹果树，还有葡萄，对，葡萄树也买。"

库曼依心情为之一振，她脸上挂着难以置信的表情问："我们真的可以有自己的果树？可是……我什么也不会弄。我们种果树，真能结苹果？"

"会的。我想肯定能结苹果。别人能种，我们也能种。"

"苹果……苹果有酸的，有甜的，有大的，也有小的。我喜欢甜的大苹果。"

"草好了，牛羊就好。苹果也是一样。肥料多了，苹果就长的大。"

"咱们种几棵？最好院子里都种上苹果。"

"呵呵。有十棵足够了。还要种菜，洋芋、萝卜、皮芽子（洋葱）、辣子、西红柿。"

"……我们怎样种呢？我不相信……种菜没有那么简单吧？如果我们也能种菜……那么谁还买菜呀？"

库曼依的意思是说，土地这么多，既然随便都能种出来菜，家家户户肯定都种菜，市场上也就没有必要卖菜了。有卖菜的，有买菜的，种菜肯定不是容易的事情。库曼依的话给朱尔森泼了一头冷水。他迟疑了片刻，抬起头望着烟雨蒙蒙的大田尽头农区的林带,琢磨着库曼依话里的含义。他意识到自己设想的种菜,不过是市场上卖的蔬菜。至于这些蔬菜是怎么样种在地里,怎样从土里长出来,他还没有来得及思考。

"果树好种,就像栽树一样。我见过农民种洋芋,把洋芋切开,埋到土里就行。今年……咱们光种果树和洋芋。"

朱尔森的话打消了库曼依的顾虑,她的眼睛里流露出掩饰不住的激动,那神态好像果树上已经结了果子,洋芋已经成熟一样。她不放心地对朱尔森说:"好,就十棵(苹果树)。你种五棵,我种五棵。你得保证教我种洋芋。"

朱尔森有些自我膨胀了,他拖着得意的强调说:"没问题。"说完,他又补充一句,"洋芋吗,没有什么难得。小孩子也会种。"

两个人憧憬着苹果、蔬菜,村东面歪歪扭扭的开来一辆越野车。朱尔森看看四周,定居点上除了自己的毡房孤零零的耸立在细雨之中,没有其他人烟,显然来人是找自己的。朱尔森注视着在泥水里打着滑的越野车一直停在跟前。工程队的施工人员主动找上门来了。

朱尔森和库曼依忙前忙后,转眼就到了5月初,天气越来越热,朱尔森连树苗和种子还没有买回来。这天正逢乡政府所在地的集日,朱尔森早早就骑着马赶集了。来到集市入口处，他把马拴在路边的杨树上，穿过飘着烤羊肉和洋葱味的饮食区和花花绿绿的服装摊位，径直来到农产品交易区。以前，朱尔森逛集市，除了在农产品交易区买一点洋芋、萝卜和洋葱之外，几乎很少关心其他的东西。这次情况不一样了，他一进交易区，五花八门的菜秧子和种子，就让他花了眼。

朱尔森分不清那些成捆的就像牧草一样的小苗，究竟哪一种是辣子，哪一种是西红柿。卖菜秧子的都是汉族妇女。朱尔森东瞅瞅西看看，他想问一问，又觉得面子上过不去。在一个面目和善的老太太面前，朱尔森终于下了决心问问老太太，她卖的是什么菜。老太太白了朱尔森一眼说："卖菜的在那边。这是菜秧子。"

朱尔森愣了一下，他觉得老太太有些奇怪，却没有意识到是自己表达错了。他要买菜秧子，却指着黄瓜秧子问是什么菜，老太太反而觉得是朱尔森少见多怪。朱尔森想再问问，见老太太全神贯注的数起手里的零钱，考虑到即使自己买上菜秧子也不会伺候这些像草一样的菜，他打消了种菜的念头。朱尔森在集市上转悠了一圈，恍然想起种洋芋的事情。他买了 30 千克洋芋，看到旁边还有一袋胡萝卜，他又毫不犹豫的买了 10 千克。他寻思着胡萝卜做抓饭和煮肉都是好东西，种 10 千克胡萝卜足够一年吃的。朱尔森扛着买好的两样东西,满头大汗的找到卖树苗子的地方,他又高兴又发愁, 高兴的是除了果树以外, 还有自己夏牧场生长的松树,买两棵松树栽上,岂不是把夏牧场搬到定居点了吗;发愁的是,他没有料到果树的品种竟然有许多种,那么多树苗子谁知道哪一种是苹果树呢。朱尔森灵机一动,先花 10 元钱买了两棵不到一米高的松树,然后,站在旁边悄悄地观察其他人买什么果树苗。不一会儿,朱尔森就满意的买了 10 棵红富士果树苗子。想着还没有买铁锨,朱尔森把洋芋、胡萝卜和树苗交给卖果树苗的中年男子看着。在百货摊点调选了两把铁锨, 随后又在种子公司的摊位前买了一元钱的苜蓿种子,仔细包好装到口袋里,回到中年男子摊位,扛上洋芋、胡萝卜,抱着树苗和铁锨走出了集市。

朱尔森把洋芋和胡萝卜分成两份装进马背上的马褡子,枝枝杈杈的树苗难住了朱尔森。绑在马背上,害怕树苗受伤,抱在怀里又担心树苗子会干死。看到路边上有一个破化肥袋子,朱尔森走过去拣起袋子,拍打了一下灰土,将袋子撕成两半,分别裹上果树和松树的根,半抱半夹着树苗,骑上马就急匆匆往回赶。到家以后,库曼依帮着朱尔森栽树时问哪一种是葡萄,朱尔森不好意思说因为不知道葡萄树是什么样的才没有买,他只好撒了一个谎说,忘了。

夜里夫妻俩激动的商量了大半夜如何种洋芋、胡萝卜。

朱尔森觉得刚刚迷糊了一会儿，院子里就传来响动，睡意蒙眬中他猛然意识到响声是工地上的工人干活弄出来的，他"呼"的一声从床上坐了起来。抬头看到库曼依正在炉子边上注视着自己。朱尔森寻思着库曼依可能激动的一夜没有睡，嘴里说着："睡过了，睡过了。"穿上衣服从床上跳了下来，胡乱擦了一把脸，库曼依已经烧好了清茶。毡房外面又传来发动拖拉机的响声，工程队要去拉水了。朱尔森等不及了，他喊着库曼依提上茶壶拿一个干馕，自己则扛着洋芋和胡萝卜，拿着铁锨来到计划好的菜地。

3

站在光秃秃的菜地上，朱尔森茫然了。自己光想着种菜了，土地还没有整理怎么种呢。他努力回忆着曾经见过菜地的样式，种菜是要浇水的。平地怎么浇水呢？得把菜地先用土围起来，菜要种到里面。朱尔森递给库曼依一把铁锨，便按照自己印象中的菜田修起田埂子。

库曼依放下茶壶，把馕放到茶壶盖上，跟在后面学着朱尔森的样子劲头十足地干开了。菜地虽然是原土，由于含沙量较大，又经过雪水和春雨的浸泡，因此并不十分坚硬。不一会儿，菜地上就出现了一条歪歪扭扭长五六米的田埂子。

朱尔森擦了一把额头上的汗水,看了看田埂子的长度,他觉得长度够了,便在土埂顶部堆了一个弧度,吭哧吭哧地掘着土开始修另一面的田埂子。

库曼依有些吃不消了。她拄着铁锹,手揉着腰部招呼朱尔森喝碗茶,吃点东西。朱尔森同样是腰酸背痛的,他放下铁锹,库曼依提着茶壶,两个人席地而坐,开始吃早饭。

夫妻俩忙了大半上午,一个大致成长方形,四周围着新土埂子的菜田出现在院子里。朱尔森两手拄着铁锹满意地看着自己和库曼依的杰作,过了一会儿,他似乎对那段明显扭曲的埂子不甚满意的样子,抄起铁锹,修整了几下,这才放心地把铁锹交给库曼依。自己则从腰间掏出刀子,把袋子里的洋芋倒在地上,开始用刀切洋芋。朱尔森切洋芋的标准不是按照洋芋上的芽蕾情况来定的,而是根据洋芋的大小来切的。大洋芋两刀切四瓣,不大不小的一切为二,太小的洋芋则囫囵个埋进土里。切完洋芋,朱尔森在田里挖坑,库曼依往小坑里放切开的洋芋。种了几棵之后,朱尔森觉得一个坑里埋一瓣洋芋太少了,于是,又让库曼依多放了几瓣。

朱尔森和库曼依的举动引起院子里干活的四川籍务工人员的好奇。一个大眼睛的小伙子终于忍不住好奇,乘着搬砖块的时间,来到菜地看这两口子如何种洋芋。他看了一会儿,吃惊地对朱尔森说:"洋芋好吃,可惜我们老家没有种洋芋的。这样种洋芋，太简单了，不用翻地，不上肥料。"说到这儿，小伙子怀疑地问道，"洋芋就是这样种出来的？"

朱尔森理直气壮的反问了一句："不这样种，还能怎么样种？"

小伙子带疑惑的神情继续干活去了。朱尔森听到四川人干活的时候，好几次说到"洋芋"两个字，他猜测"大眼睛"正在给他们说洋芋的事情。洋芋种到一半，朱尔森估计买的洋芋不够用，于是，一个小坑里又改成了放一瓣洋芋。即便如此田子头上还是空闲了一些土地。朱尔森对库曼依说："干脆种点胡萝卜，免得浪费了（土地）。"

朱尔森掂过装胡萝卜的袋子，一股脑将胡萝卜倒了出来，选了几个个头大的胡萝卜蹲在地上准备切时，他犹豫了，洋芋是圆的，可是胡萝卜是长的该怎样切呢？朱尔森懵了，几乎没有离开过牧区的库曼依当然更不懂怎么弄了。最后，还是朱尔森有办法，他把胡萝卜从中间一分为二，切了几个大箩卜，个头小的干脆整个埋到小坑里，总算把一田子菜种完了。

没过几天，地里的洋芋芽子密密麻麻的长了出来。果树似乎在空气中沉思着，胡萝卜则好像在土里酣睡。果树的情况可以天天看到，埋在地下的胡萝卜给朱尔森打了一个哑迷。洋芋都长出来了，胡萝卜到底怎么了？朱尔森忍不住了，他琢磨了半天,突然想起为什么不挖开表土,看一看呢?朱尔森和库曼依一商量,两个人当即决定挖开表土,探寻原因。来到菜地,朱尔森掏出挂在腰上的刀子,单腿跪在地上,下意识地摸了摸因为浇水过多已经看不出挖掘痕迹的土地,小心翼翼地在地上挖了起来。库曼依前倾着身体两手扶着地,有点气喘地说:"轻一点,轻一点。"库曼依不说还好,她的话一出口,朱尔森这个宰牛杀马眼睛都不眨一下的汉子,本来就紧绷着的神经,莫名其妙的紧张起来,他拿刀子的手有点颤抖。朱尔森的紧张又传染给了库曼依,她连大气也不敢喘地盯着朱尔森手里的刀子。两个人的神情,就好像地下埋的不是胡萝卜,而是某种娇贵的珍宝。

胡萝卜总算露出来一点红黄色,两个人吃惊的发现,胡萝卜的颜色比他们种的时候水灵多了。朱尔森还想继续挖,库曼依生怕惊醒了胡萝卜似的小声对朱尔森:"活了。活了。赶快埋上吧。"朱尔森迟疑了一下,把扒开的湿土轻轻地盖到了胡萝卜上。没过几天,他们的果树冒出来毛茸茸的芽子,遗憾的是,两棵松树却由绿变黄,最后变成了干柴。而他们期待的做抓饭的胡萝卜,直到烂在地下,也没有发芽。

天气越来越热,库曼依带着孩子到草原上准备到草原上看看父母,顺便再查看牛羊。临行前,库曼依带了一个能盛 20 千克奶子的塑料壶,她说回来的时候带壶奶子。妻子走了,朱尔森在工地上帮着提水泥,弄脏了衣服。他回到毡房里换了一件上衣,顺手摸到口袋里有包东西,掏出来一看,他竟然把苜蓿种子忘了。他想弄一块地把苜蓿种上,仔细一想,觉得苜蓿种子在口袋里装了这么长时间了,可能死了。如果让库曼依知道由于自己的大意,苜蓿死在了口袋里,多难堪呀,苜蓿可是牲畜最好的草料呀,在冬牧场,一捆苜蓿的营养能够抵得上一亩草场牧草。思前想后,朱尔森决定悄悄地把苜蓿种上,苜蓿出来了,给库曼依带来一个惊喜,若出不来也只有自己知道。

朱尔森扛着铁锹在院子里转了一圈也没有找到自己认为合适的地方。种到菜地边上吧,库曼依的注意力整天离不开洋芋,菜地上哪怕多了几只蚂蚁库曼依都能看的出来。库曼依每天起床的第一件事现在就是看苹果树,她对果树的关注丝毫不亚于洋芋。朱尔森寻思,把苜蓿种到果树边的荒地,每天浇水就成了问题。朱尔森成天给一块荒地浇水,库曼依会怎样想是可想而知的。其他地方更不可能了,到处堆的都是沙子、砖块。一元钱的苜蓿种子把朱尔森难住了。朱尔森无计可施的蹲在洋芋地边上,他眼睛的余光在角落上的厕所扫了一下,厕所提醒了朱尔森。他几大步走到厕所侧面的墙边,用铁锹挖了块一平方米大小的土地,撒上苜蓿种子,然后又往种子上面撩了几铁锹土,把地重新弄平,提壶水浇到苜蓿地上,拍打几下手上的泥土,完成了任务。

4

朱尔森家的工程进展迅速,江阿布拉克牧民新村的建设也像竞赛一般,一天一个样的从曾经荒凉的大地上长了起来。站在朱尔森的房墙上可以看到邻居吐尔逊的住房也开始施工了。越过吐尔逊的院子,朱尔森猛然看到了巴尔鲁克山。

他似乎第一次发现自己的夏牧场离江阿布拉克竟然这么近,那情形好像从自己所在的院墙上跨一步就能踏上通向夏牧场的山路。但是,这一步又是那样漫长遥远,他的祖辈们走了上千年,也没有离开那条古老的牧道,朱尔森熟悉那条牧道如同熟悉自己的身体一样,他爱那条人畜共同踩出来的通向草原的牧道,他也厌恶憎恨过那条每年都发生意外,造成无数牧民人畜伤亡的牧道。但是,在过去的许多年里,他年复一年的在那条路上缓慢地走着。游牧生活的经验告诉每一个牧民,他们必须这样一直走下去,否则他们就会倒毙在路上。20 岁以后,朱尔森慢慢发现自己走的所有的路,不过只是在原地兜圈子,他曾经无数次设想改变这种兜圈子的生活方式,现在一切真的过去了吗? 这段历史真的就这样结束了？想到这些,朱尔森心里好像插了根针。这不是一条普通的路呀,不是轻易能够忘记的路。这是写满哈萨克族历史的长路,路上的每一块石头,路边的每一根草茎,沿途的空气中都凝聚着哈萨克族游牧民的开拓精神。草原养育了朱尔森,现在他却抛弃了草原,抛弃了传统。一种强烈的回归感紧紧攥住了朱尔森的心。

朱尔森心事重重的从墙上跳到院子里,就像换了一个人一样,他以一种陌生的眼光审视着自己的新家。院子里的一切还是老样子,但是,它们在朱尔森的心目中已经变的无关紧要了,他满脑子都是草原、毡房、牛羊,还有他熟悉的草原上的气味。

库曼依从夏牧场带回来的新鲜牛奶以及草原上的消息,让朱尔森混乱的思绪渐渐恢复了平静。他的洋芋地、苹果树、松树又变的新鲜充满希望了。

连续一个星期,几乎隔天一场小雨的天气成全了朱尔森的苜蓿。前一天,朱尔森发现自己种的苜蓿将那块土地上面的一层土都顶了起来。这天天刚亮,库曼依看过果树,蹲在洋芋地边上用手测量着洋芋苗的高度。朱尔森大大方方的走到厕所的一侧,仔细查看地上密密麻麻的草芽子,当他确信这些小东西就是自己种的苜蓿,朱尔森自豪地招呼库曼依过来看看这里长出了什么。没有等库曼依走到跟前,朱尔森就庄重地对她说："我们的苜蓿长出来了。"朱尔森说话的口吻，就如同向世界宣布自己种的一平方米左右的苜蓿，足够育肥他所有的牲畜。实际上，从真正意义的种植来说，朱尔森的苜蓿和洋芋只是从土地里萌芽了，这样密集的苜蓿根本不可能有收获，但是，这件事发生在朱尔森身上，此时的苜蓿和洋芋就具有特殊的作用和价值。

朱尔森种植成功苜蓿以及洋芋的事，在江阿布拉克村传开了，没过几天，这个消息已经传到草原上，前来参观的村民和草原上的牧民络绎不绝。有些人甚至埋怨朱尔森没有提前告诉他们，以至于他们错失了在自己院子里种蔬菜和苜蓿的时节。

5

2005 年秋天，困扰江阿布拉克村两年之久的农业灌溉用水问题终于解决了。2006 年春天，在乡里派来得农业技术员的指导下，江阿布拉克村 74 户村民所有耕地都顺利的播种了。

入夏之后，一场接着一场的雨水让村民几乎不用考虑灌溉的问题。江阿布拉克村的苜蓿像野草一样疯长着。苜蓿中间夹杂着的麦子、玉米、燕麦的长势也不错。一种自满在村民当中蔓延开来。以至于孩子们也学着父母的腔调把"没什么大不了的"挂在了嘴边。朱尔森在自己院子里种植蔬菜和苜蓿的经验,帮了他的大忙。播种之前,他把一冬天积存的牛羊粪肥拉到大田上。播种的时候,他的麦子和苜蓿是按照最足的分量拌着化肥下种的,因此,朱尔森的苜蓿和两亩麦子明显好于周围地块的同类作物。

六月上旬,朱尔森的苜蓿和麦子的高度已经超过了他的膝盖。不过,有一件事却让朱尔森既纳闷又暗自高兴,其他地块里的杂草基本是些这块荒地以前长的植物苦豆子、老姑娘(苍耳)等。朱尔森的地里出来的多数却是旱地草原上最优质的牧草。这些牧草就如同播种时特意和苜蓿麦子一块播种下去的一样,朱尔森的苜蓿和麦子长出来了,它们也出来了。现在牧草的长势甚至超过了农作物。乡里派来得技术员海拉提来大田查看农作物的长势,他在朱尔森的地里转了转,告诉朱尔森麦子里的杂草太多了,得赶紧锄草。朱尔森记得这已经是海拉提第三次说地里的草太多。这次朱尔森依然没有行动。海拉提根本不知道朱尔森正在因为麦地和苜蓿地里面莫名其妙的长出牧草得意呢。望着地里的麦子和牧草,朱尔森越看越高兴。多好的麦子呀。多漂亮的牧草。即使打草场的草也没有这么好。要是草原上有这样一块草场。"哼!"朱尔森想到这儿,禁不住自己,鼻子里竟然得意的弄出了声响来。他似乎已经看到牲畜半闭着眼睛，有滋有味地咀嚼牧草的样子，听到了牧草的茎叶被牲畜的牙齿切碎发出的响声，这是一种让所有生命都垂涎欲滴的声音，是温良恭顺的食草牲畜特有的。朱尔森喜欢这个声音。对于朱尔森来说牛羊吃草的声音就是最好的音乐，最好的享受。伴随着这种声音，朱尔森慢慢地就飘了起来。

江阿布拉克村的头茬苜蓿打下来了，从时间上来看，到秋季全村还可以打更多的苜蓿，一般情况下，当年种的苜蓿只能收割一茬，这年雨水好，牧民在播种时普遍在苜蓿地投了肥料，有投入当然有回报了。

夏收结束之后，江阿布拉克村最好的麦田每亩只收获了 140 千克小麦，这样的产量无疑是亏本的。好在春播期间，乡里考虑到种植粮食作物可能存在的技术管理等问题，没有鼓励村民们大面积种植小麦，因此，小麦产量虽然低，却没有影响江阿布拉克村的大局。朱尔森的小麦亩产只有120 千克，这与他的期望差了一倍多。分析产量低的原因，他恍然明白可能是那些草的原因。但草是从哪里来得呢？后来，朱尔森才弄明白，牧草是随着牛羊粪被自己撒在地里的。牛羊粪固然是上好的有机肥料，但使用牛羊粪肥之前必须得让其充分发酵，将牛羊粪里面牲畜无法消化的草子沤烂，否则牛羊粪里的草种子会随着肥料一起进入大田，成为与农作物争夺养分和阳光的害草。

　　找到了症结，朱尔森对他麦子又充满了希望。接下来的两年，朱尔森的小麦产量有了明显起色，菜园里种植的辣椒、西红柿、黄瓜也挂果了。我来到朱尔森家的时候，成活的几棵苹果树已经开花了。他估计今年冬麦亩产量至少可以达到 300 千克。

喀市斯特冬窝子

当现代文明引领着世界已经走向星际空间之际，有一种文明却沿袭着自然的法则，在现代社会的边缘，年复一年，平静的演绎着一段不是历史的历史。她距离我们熟识的生活很近，又恍如隔世。她既古老，又发散着永不泯灭，耐人寻味的人类的童年印象……

冬窝子与牧羊人

所谓冬窝子，就是新疆北疆草原地区牧民冬季的游牧场所，即冬季牧场。游牧社会特殊性，决定了牧民的生活必须得围绕着牲畜展开。因此，要想在北疆草原寒冷的冬季，能够实现天然放牧，选择冬窝子便成了一件事关生死存亡的大事情。

好在牧民的祖先们，在很早以前就发现了一些冬季气温相对温暖，降雪量不大的山间洼地或者小山沟，他们的后辈只需要按照大自然的指令，每年迁徙就可以了。

历史上，每次大雪封山，冬窝子就与外界失去了联系。近年来，北疆各地的冬窝子尽管大多通了简易公路，但在隆冬季节，若想进出冬窝子依然不是一件容易的事。

北疆地区的牧民一般是在 10 月底前后进入冬窝子，来年 4 月中旬开始转向春牧场。整个冬季，人畜都得消耗大量的物品，因此在迁入冬窝子的同时，储足一个冬天所需要的食物就成为所有家庭最重要的工作。

以前，牧民的冬备品基本不包括牲畜的草料，冬备品主要是食盐、面粉、茶等物品。近年来，入冬前，大多数牧民都会提前打草，买玉米以备冬日之需。

几年前，塔城市牧民曼太的冬窝子在遥远的巴尔鲁克山中。后来，牧场从有利于牧民定居的角度，重新划分了草场，并且按人口多少划分了草料地。曼太和其他 11 户牧民的冬窝子就安置在与草料地一山之隔的卡木斯特。曼太的夏牧场离喀木斯特也只有 60 千米的路程。因此，居住在喀木斯特的牧民现在每年只需要迁徙两次，改变了过去每年至少 4 次转场，才能保证牲畜安全的生活。

冬　宰

进入冬窝子后，天渐渐冷了，牧民迎来了充满喜庆色彩的冬宰期。

曼太家 11 月 25 日宰了一峰 5 岁的骆驼。

宰完一过秤，足足 500 千克，其中 2 个驼峰就有 40 千克重。前来帮忙的牧民都说曼太会养牲畜。大伙高高兴兴在曼太家忙了一天，兴尽才回。

曼太计划近两天再宰几只羊，如此，一家 8 口人的冬肉就足够了。

我问曼太为什么不现宰，吃新鲜肉。

叶勒肯说，牲畜经过夏季牧草的催肥，又通过秋季转场的长途锻炼，肉质既肥美又结实有营养。入冬后，牲畜掉膘很快，肉质也会下降，冬宰在牧区是个常识问题，这也正是冬肉放到来年春天依然美味可口的原因。

他接着说，冬宰在牧民群众中，实际上就是庆贺丰收的节日。冬宰期间，左邻右舍，亲戚朋友相互邀请，热闹极了。冬宰的时间一般持续一个月左右。

牧民宰杀的大畜，鲜肉一般先用盐和蒜腌两天，腌透后，或者制成熏肉，或者挂起来风干，做成风干肉等肉制品。

城里人大多对肥肉敬而远之。但是在牧区,肥肉经过牧民用最原始的方法加工过之后,就成了绝佳的上品。在同曼太交谈的时候,曼太的老婆阿赛一直不声不响地忙碌着。眨眼工夫,炕桌上就摆满了食物。随后,阿赛向炉内加了几块干牛粪,放上茶壶,拎起一个小铁桶挤牛奶去了。

冬窝子的生活单调而又寂寞。寂静的山谷、白色的雪、拥挤在圈舍的畜群。这对于自由奔放、无拘无束的牧民来说,无疑是个巨大的考验。不过牧民有自己的娱乐方式。

忙完冬宰,雪基本上就封山,气温也越来越低,山外人也极少上山了。牧民就开始相互宴请,聚在一起饮酒、吃肉、唱歌、跳舞。

1月初,孩子们放假了,喀木斯特的牧民便套上马爬犁下趟山,将孩子们接回来。

孩子们回来,不仅捎回了山外的消息,也把孩子的快乐,注满了整条山谷。

曼太家在喀木斯特算是大户,五个孩子都在塔城市上学。

孩子回来了,曼太家自然就成了最热闹的孩子窝。大家一起唱歌、跳舞、在雪地上赛跑、爬雪山……孩子们开心,大人心头也是乐呵呵的。

随后,头一只冬羔子也来凑热闹。

曼太估计自己羊群2月初前后将产下几十只冬羔子。

在冬窝子,由于天寒地冻,冬羔子出生之后,除了吃奶之外,羊羔都在主人的屋内躲避严寒。

产羊羔季节,还会遇到母羊不认自己孩子的情况。

阿赛是"修理"这些不认仔母羊的高手。方法是挤下母羊的奶水抹到羊羔身上,强迫母羊嗅闻,然后,人抱着母羊,让羊羔吃奶,反复几次,没有不成功的。

曼太家的羊多,前年修了一间暖圈。因此,从接生到喂养都能在暖圈内进行。

曼太说,过去冬羔子只有半条命(指成活率),现在春天不用转场了,成活率高得很。

阿赛提着半桶奶进屋时,壶水正好沸腾了。她将奶子倒进壶里,不一会儿屋里就飘起盈鼻的奶茶香气。

随后,阿赛坐在炕沿旁,一边给桌上的人添奶茶,一边听着男人们交谈。

曼太给我讲了许多有关冬窝子的生活情况,叙述过程虽零散,却又散发着人的本能——对幸福生活的追求。

曼太的思维方式明显有别于都市人。刚开始我还有些纳闷,然而,随着交谈的深入,我注意到左右曼太思想的东西,就是文化背景的不同。这是一种因独特的自然条件,独特的游牧经济和游牧生活培育出来的思维方式。而他们的日常生活也正是在这个背景之下,缓慢而坚定地向前行进着。

牧 羊 犬

我们一行到达曼太家的时候，曼太的四条大狗充满敌意地吠了一阵。我们进屋后，再从屋里出来，四条狗的敌意便荡然无存了。

叶勒肯说，牧区的狗很聪明，能分辨出谁是朋友。

在哈萨克游牧社会中，有这样一种说法，草原上的男人应该有七种财富，排在首位的妻子，最后就是牧羊犬。由此可见牧羊犬在游牧社会中的特殊性。

曼太讲起去年冬天发生的一件事。

那天，曼太的妻子感冒了，曼太骑马到山外的农区买药，下午回来时起风了，曼太还没有走到山口天就黑了。

曼太估计着时间该到家了，但是，风雪弥漫的山谷中，什么也看不见。他继续向前走，积雪埋到了马肚子，还是不见人家。曼太意识到自己迷路了。

在雪窝子里折腾了个把小时，实在走不动了，曼太掉转马头躲到一块背风的悬崖下面。天太冷了，找不到人家，非冻死不可。万般无奈，曼太对着风雪弥漫的夜空大声呼喊起来。

大约 20 分钟后，奇迹发生了：曼太家的大黑狗不知从哪里冒了出来。

等曼太雪人似的回到家，阿赛正在家急得团团转呢。

阿赛说，她听到院子里的狗叫个不停。出门察看，四条狗都向着东面的山梁狂叫。大黑狗叫了一会儿，一溜烟就消失在暴风雪中。

算算时间，正好是曼太在一山之隔的另一条沟内大声呼救的时候。但是，风雪弥漫的黑夜，狗怎么能够听到主人的呼叫呢？

陪同我采访的叶尔肯也讲了一件发生在他父亲身上的事情。

1963年冬天，叶尔肯的父亲赶着马车，从南湖到塔城卖柴，回家的时候迷路了。当时，叶尔肯养的一条黄狗独自跑出去30多千米，把几乎冻僵的叶尔肯的父亲带了回来。

叶尔肯说，哈萨克族牧羊犬表面看来一点也不起眼，但关键时刻发生在牧羊犬和牧民之间的事情，往往很难用常理解释得通。

曼太说，除了特殊情况，如被人打伤、中毒之外，牧羊犬从来不会老死在牧羊人的视线之中。哈萨克族牧区有这样一个传统，主人发现牧羊犬情况不妙，便煮上一些好肉喂牧羊犬。有些牧羊犬会好起来，多数牧羊犬吃饱之后就走了。这时，牧人就知道牧羊犬是寻找自己的墓地去了。

至于牧羊犬的墓地究竟在哪里，就像草原上传说的狼的墓地一样，没有人能够说的清楚。

另一种春天

春天对于大多数人来讲，无疑是充满希望的季节。然而，游牧民对春天的感觉却是一言难尽。

面对漫长的冬季，大多数牧民只能眼睁睁地看着畜群一天天消瘦下去。

3月是最残忍的季节，山中积雪开始融化了，然而，料峭的春寒似乎比严冬的暴风雪厉害百倍，草料不继，就会导致牲畜大批死亡。以前，曼太的冬窝子在巴尔鲁克山中的时候，有一半的年份会遇到这种情况。

面对这种情况，出路只有一条：转场。转场途中如果不遭遇天气变化，实属万幸。但是，三四月间正是北疆天气变化最剧烈的时候，遇到强冷空气，牧民只好眼看着牛羊倒毙在途中，有时甚至连剥下皮子的机会都没有。曼太提起春季转场，不停地摇着头。

卡木斯特冬窝子的春天，与其他需要春季转场的冬窝子的不同之处是，少了一些躁动，多了一些寂静。

历史上，在冬窝子内度过漫长冬季的人畜，早已按捺不住转场的惯性了。3月以后,冬牧场的草场经过畜群一冬天啃食、践踏,早已变得荒凉不堪,几乎没有可采食的牧草了。

这期间,牧民对畜群的看管特别用心,否则畜群有可能自己走上迁徙的征程。由于牲畜大部分圈养,卡木斯特冬窝子每到3月以后,草料便紧张起来。不过,卡木斯特山外就是农区,因此,最后总是有惊无险。

进入4月,夜晚的天气虽然很冷,但白天的气温却很宜人。向阳的山坡上已露出大片土地。

卡木斯特的牧民紧锁一冬的眉头也舒展了许多。

在随后的日子,卡木斯特冬窝子将迎来大批春季降生的羊羔。6月初忙完剪毛工作后,牧民便迁入天堂一般的夏牧场。

在采访过程中,我深深地为曼太一家的好客所感动。

额尔齐斯河上第一湖

20多年前，我曾经跟随一个拉木柴的车队进入过富蕴县林场，途径伊雷木湖时，我完全被这片藏匿在大山之中蓝莹莹的湖水迷住了。当时，我有一种强烈的预感:这样一个遥远偏僻的大湖里肯定藏有许多秘密。遗憾的是，由于当时年龄较小，我只能将这种预感藏在了心底。20多年后，我再次来到伊雷木湖。

冷湖伊雷木

从远处观测伊雷木湖，水绕山环的伊雷木湖水犹如一块尚未打磨的海蓝宝石，静静地躺在大山之中，等待着寻宝者的到来。伊雷木湖是另类的，水面上看不到芦苇、菖蒲等植物，空中也没有鸥鸟的影子。从水里冒出来的悬崖峭壁，孤独地守望着湖水的情景，让人不能不把好奇之心深入到蓝色的水下世界。

伊雷木湖的湖水是冰凉的。对此，生活在伊雷木湖边铁买克乡的群众再清楚不过了；伊雷木湖是深不可测的，对此，铁买克乡的群众同样有着他们的见解。或许正是这些原因吧，除了冬季以外，伊雷木湖始终保持着某种让人恐惧的寂静，在遥远的阿勒泰山中独享着自己创造的清净。

我在富蕴县采访期间，正遇上该县遭遇罕见的持续高温天气。前往伊雷木湖时又赶上中午最热的时候，连日奔波的疲惫，再加上汗津津、黏糊糊的汗水，感觉身体就如同包裹在了一层壳里，叫人恨不能一头扎进伊雷木湖中，让清凉的湖水洗刷这难缠的暑热。陪同我采访的当地干部丁宁听到我的话，笑着说：你不了解伊雷木湖。没有人敢在水里游泳的。湖水太凉了。出了问题我们可不敢下水救你。

似乎是在印证丁宁的说法，距离伊雷木湖还有几千米路程，空气突然清爽起来。抵达湖边，身体里的暑热连同疲惫随即就如同昨天的故事，消失的无影无踪了。我用手试了试湖水，果然冰凉刺骨。

伊雷木湖是额尔齐斯河上游的第一湖，河水捎带的阿勒泰山冰川的气息还没有散尽便注入伊雷木湖，湖水之冷可想而知。

铁买克乡是伊雷木湖边上唯一的乡。湖水对铁买克乡气候影响非常明显。以横穿该乡的公路为界,公路左侧靠近湖畔的作物与右边的作物同时种植,收获的季节却相差十天左右时间,原因就是湖水造成的,伊雷木湖因此也有"冷湖"之称。尽管伊雷木湖水冰冷,这里却是众多冷水鱼的天堂。

神秘峡谷

富蕴县干部丁宁还记得 20 多年前,站在铁买克乡观看湖对岸汽车行驶荡起的尘土,以及汽车消失在那个神秘山口的情景。公路是修建在伊雷木湖边半山腰上的,没有汽车行驶时,一般人很难发现那里有一条路。进出那个山口的汽车平日里也很少,有时候连续几天公路上也没有动静。有些事情就是这样,没有公开以前免不了引起人们的猜测。

我们的越野车环绕了大半个湖区驶上这条通向神秘的大峡谷的路途过程中,丁宁回忆着以前有关这条公路的事情。

公路依然是沙石路面。路的一侧是修路时炸开的峭壁,一边是深不可测的湖水,行驶在这样的路面上,有恐高症的人难免会因为担心发生意外而闭上眼睛。沿着湖边公路行驶了十来分钟,路面陡然增高了许多,眼看前面无路可寻之际,卧车一个急转弯,湖水被甩在了身后,我们进入了那条神秘的大峡谷。

这是一条让人心惊胆战的公路。峡谷窄而幽深，所谓的公路不过是悬挂在半山腰间的一条随时可能断裂的"带子"。深达数百米的山谷，谷底是咆哮的额尔齐斯河河水，公路的上方要么是峭壁，要么是巨石。幽深的谷底让人目眩，悬在公路上方的巨石则让人觉得凶险异常，有些巨石给人的感觉是似乎你咳嗽一声它们就会崩塌下来。

驾驶员双手紧紧握方向盘，神情凝重地盯着前方，刚才车内还是嘻嘻哈哈的，这会儿寂静的只有发动机的声音了，我下意识的系住了安全带(返回富蕴县以后，回想自己的这个举动，我开始后怕起来。在这样一个险峻的峡谷内，一旦出现问题，任何安全措施都是徒劳的)。路的状况虽让人提心吊胆，但是，峡谷中的景色也非常奇绝壮观。一向起伏相对比较平缓的阿勒泰山脉，在峡谷中突然换了一幅容貌，绝壁连着悬崖，危岩守望着深渊，可以毫不夸张的说，这里的每一块巨石都是对人的精神和生理极限的挑战。对面出现一道连天接地的巨型石壁，准确的说是山路迎面与一道狭路相逢大山。我还在担心公路与大山迎面相撞，卧车向左一拐，我们进入一个类似雅鲁藏布江大拐弯的山谷。山谷宽阔了许多，但是，峡谷却更深了。公路穿过一个凿开半边的石壁时，由于公路右面几乎悬空在峡谷上方，一种惊悚攫住了我的心脏。

大山在公路的尽头形成了一个死角。死角处有一间砖混结构的平房,我们的目的地海子口地下水电站到了。从外表看来,电站不过是大山夹角中一幢普通的砖房而已。砖房正面是额尔齐斯河水由东向西南转向,形成的类似于马蹄形的大峡谷。目测峡谷的深度至少在千米以上,站在电站位置俯瞰整个峡谷,有一种漂浮在云间的感觉。电站所处的位置非常隐秘。

地下的秘密

我们在地面机房与预先约好的电站人员见面之后,每人戴上一顶安全帽,便进入电梯,向着136米下的电站心脏部位沉了下去。据说,以前的电梯就像一个铁笼子,电梯上下,四面就是黑乎乎的井壁,感觉很阴森,电梯的速度也慢。老电梯在几年前就换成了现在全封闭的高速电梯,两三分钟就能抵达工作面。

机房里温度很高,加上隆隆的机器声,以及古旧的发电设备,带摇柄的电话机,墙壁上第一代员工留下的笔迹,恍然间,我有一种回到上个世纪的感觉。年轻的电站职工宋学敏给我讲了这样一些她知道的电站历史。

电站也称海子口电站。电站由苏联人设计,1958年至1967年历经10年修建完成,当时是国家一个重点建设工程。海子口地下深水电站投入建设的年月,正是可可托海矿业生产需求旺盛时期,也是国家处于特殊需要的年代。在备战备荒的特殊岁月,由于可可托海开采的稀有金属当年主要供给军工企业,决定了发电站这种重要的设施建在了地下200米处,并且长期处于一种保密的状态。

同时,也注定了工程留下的资料非常少的现实。

电站发电机房安装在地下136米处,发电机房下面还有几层机房和车间,整个电站的实际深度实际上在200米左右。这座隐蔽的地下工程,是靠着2.5千米长、洞径3米的引水洞形成的落差来发电的,总发电量1.9万千瓦。让人钦佩的是,该电站发电量至今仍然居富蕴县各电站之首。

电站目前采用的轮班制,每个班在电站上10天班,回到可可托海休息5天,然后,再回到山里。宋学敏对自己的工作感到很骄傲。我问他们为什么不把墙壁上过去的痕迹粉刷掉。她说:这是电站的历史,电站有个不成文的约定,保护好墙上字迹。

我问她是否想离开这个遥远封闭的工作环境,她沉默了。

额尔齐斯河第一湖

伊雷木湖,哈萨克语意为旋涡。当地人也称它为海子口水库。资料显示,伊雷木湖南北长 5~6 千米,东西宽 1~2 千米,总面积 21 平方千米,蓄水 1.13 亿立方米,湖水最大深度据说有 100 米。

相传在很久以前,天宫中的一个侍女不小心打碎了一面宝镜,玉帝惩罚她到民间在找一面同样的镜子,如果找不回来就要被处死。姑娘到处找啊找,最后来到一个满是白桦林的地方,由于饥渴,她昏倒在树下。醒来后,她发现一个善良的小伙子正给自己喂水。姑娘忘记了自己的使命,很快和小伙子相爱并准备结婚。玉帝闻讯后大怒,决定要处死她。他们结婚这天,两人同时在树林中发现了一面闪闪发光的镜子,小伙子上前就拾,姑娘急忙制止,可以已经迟了,只听轰隆一声巨响,山崩地裂,大水从天而降。不久,一切又恢复了平静,一对恋人不见了,树林消失了,周围化作一片汪洋,成为今天盛产红鱼的伊雷木湖。直到现在,当地人还说,湖里的红鱼就是那对恋人的化身。

传说虽然不可信,但有,伊雷木湖的来历却与历史上发生的一次地震有着直接的关系。据当地老年人回忆,伊雷木湖在很久以前不过是一片地势相对平缓的山间洼地。额尔齐斯河河水闯关过隘，冲出阿勒泰山脉深山区，流经可可托海谷地，相对平缓的地势让额尔齐斯河似乎找到了稍事休息的场所，它在伊雷木湖洼地盘桓片刻，随即向南穿越目前电站大坝扼守的山口，再次闯进高山深谷之中。我们经过山口时，我留意了一番山口的宽度，最窄处大约只有不足 20 米的样子，两岸则是高达上千米的悬崖峭壁。

1931 年 8 月 11 日下午 5 点多，可可托海和青河县二台子之间发生了一次 7.9 级强烈地震。山顶坍塌下来的巨石阻塞了山口，形成了伊雷木湖的雏形。后来的建设者利用这个山口修导流洞，开引水洞，筑大坝，最终建成了这座堪称奇迹的地下水电站。

那次地震留下的痕迹在伊雷木湖四周的群山中几乎随处可见，最典型的就是峡谷通向电站的沙石路上方，那些随时都可能发生滑坡崩塌的乱石。

地震破坏了山体，却成就了额尔齐斯河的第一湖，大自然就是这样奇妙。

阿勒泰羊传奇

公元前 4 世纪至公元前 3 世纪，古希腊学者希罗多德在其所著的《历史》一书中，记录了一则格里芬看守阿尔泰山脉黄金的故事。近年来，我几乎走遍了阿勒泰大地，收集了许多关于黄金的趣事。关注阿尔泰山黄金的同时，我发现希罗多德忽略了当地另一种，比黄金还要珍贵的东西——阿勒泰羊（民间称阿勒泰大尾羊）。

尾巴故事

许多年前，我曾经听一位阿勒泰的朋友这样描述阿勒泰羊：每到秋天，阿勒泰羊最肥的时候，阿勒泰羊的大尾巴，个个都有几十千克。此时，放牧的牧民一般不敢让羊群卧下来休息，因为羊的尾巴太重了，一旦卧在草原上，依靠它们自己是根本站不起来的。解决办法只有一个:牧民挨个提着羊尾巴,帮助羊重新站起来。一群羊少则几十只,多则数百上千只,谁愿意在草原上,无休无止重复这样的运动呢?

那么真实的阿勒泰羊情况又是什么样的呢?

阿勒泰羊活体最重达到 157 千克,2 岁以上的阿勒泰羊,臀脂(尾巴)平均重 35 千克。这也正是民间称之为阿勒泰大尾羊的原因。客观的来说,阿勒泰羊的尾巴的确给它们的行动到来了限制。有些羊在过沟跳跃之时——尽管阿勒泰羊由于尾巴过大不善于跳跃——后腿弄不好就骨折了,有些羊的尾椎也时常出现断裂的情况。由此看来,我的那位阿勒泰朋友所说的故事,并非完全虚构。

身体肥胖的人,对于脂肪造成的麻烦和不便是深有体会的。同样是生命,阿勒泰羊整天拖着肥硕的大尾巴东游西荡,显然违背了生命进化,适者生存的理论。据说,阿勒泰羊的臀脂之大,在世界范围之内也是唯一的。那么阿勒泰羊不惜腰腿折断,依然不能放弃大尾巴的原因究竟是什么原因呢?

换一个角度,我们就能够理解阿勒泰羊大尾巴的妙处了。

阿勒泰地区冬季漫长而寒冷,极端最低气温甚至达到零下 40 摄氏度,阿勒泰羊的冬季放牧地,说白了,也就是一般人眼中的荒原而已。阿勒泰羊在如此恶劣的自然条件下,能够安全度过冬季,靠的就是它的大尾巴。福海县畜牧部门曾经做过这样一些实验。一个冬天下来,阿勒泰羊的臀脂,平均重量比秋季减少60%以上。阿勒泰羊的尾巴就如同骆驼的驼峰一样,是它们救命的营养库。

阿勒泰羊整天背着一个营养库,行动虽然有些笨拙,但是,生命却有了保障。孰重孰轻,自然不用多说了。

迁徙途中

阿勒泰羊还有一种民间称谓:千里羊。意思是指任何一只阿勒泰羊,仅大规模的迁徙路程至少得跋涉1000千米以上。如果算上羊群在固定牧场放牧所走的路程,一只两岁的阿勒泰羊,走过的路程至少在2000千米以上。

2006年秋季,福海县畜牧兽医站支部书记王大星陪同区内外几位畜牧专家,考察阿勒泰羊核心保护群的生长情况。考察结束以后,王大星邀请这些专家品尝阿勒泰羊肉。饭桌上一共上了三盘羊肉,其中,一盘羊肉很快被一扫而光,另外两盘羊肉却剩下了一多半。一位专家忍不住问王大星,阿勒泰羊是不是还有其他品种,或者是公羊和母羊的羊肉有区别。

王大星笑了。原来,为了让专家们直观体味阿勒泰羊肉的美味,王大星采用同样的制作方法,分别煮了三锅不同的羊肉。结果,肥嫩的阿勒泰羊肉一上桌,浓郁的羊肉香味便征服了所有专家,另外两种引进品种的羊肉,根本无法与阿勒泰羊肉同日而语。频繁的迁徙,练就了阿勒泰羊强健的肌肉组织,同时,也给人们提供了营养价值和口感均佳的羊肉。

在当地民间,阿勒泰羊不仅是哈萨克族牧民的财富和生活必需品,阿勒泰羊的肚子和臀脂还有重要的药用价值。直到现在,阿勒泰牧区依然盛行利用羊肚子治疗关节炎、风湿,用臀脂治疗百日咳等疾病。

按照现代饮食观念,因为尾巴太大,阿勒泰羊的油脂未免过高,对人身体可能会造成一定影响。

福海县草原站站长马克沙提说,现在许多人血脂高、血压高等等,实际上错的并不是阿勒泰羊肉,而是怪人自己。在牧区阿勒泰羊依靠臀脂抵御严寒和饥饿,牧民群众同样需要羊油提供的能量度过冬天。牧区人群食用羊肉的量远远大于城市,患高血脂的人比例并不比城市人群高,原因是牧区劳动强度大,运动消耗了多余的脂肪。城里人多数住楼房,吃饱了之后,几乎没有运动。血脂不高才是怪事。

马克沙提说的不无道理。阿勒泰羊一生都是在运动中度过的。深秋怀胎之后,母羊带着子宫里的小生命,开始向冬牧场迁徙。春天，母羊带着即将出生的小羊羔，长途跋涉返回春牧场，许多迫不及待的羊羔，在路途中就出生了。如果阿勒泰羊身体出现问题，怎么可能跋涉上千米。人们享受着千里羊的美味，反而怪罪羊的脂肪，的确不应该。

聪明的绵羊

若干年前，福海县畜牧部门引进了一些小尾寒羊，以及世界著名肉羊品种萨福克羊。不久，牧民群众反映上来这样一个问题：同一群羊，小尾寒羊似乎总觉得好草在前方，因此，它们总是跑到羊群最前面。萨福克羊行动迟缓，老是落在羊群后面。结果跑的最快的小尾寒羊因为没有找到更好的牧草，同时，体力消耗过大，很快变成羊群里的弱者。萨福克羊老是慢一拍，总是捡阿勒泰羊吃剩下的干草茎，也成了羊群里需要保护的对象。

牧民由此总结出阿勒泰羊比较聪明的结论。当然，当地牧民所说的聪明，还有另外一层意思，即阿勒泰羊更了解和适应在这片土地。

在采访过程中，我一直试图弄清楚阿勒泰羊的起源。相关部门提供的资料当中有这样一段记述：《新唐书》记载，西域出大尾羊，尾房广，重 10 斤。从这段文字记录的情况来看,1000多年前的阿勒泰羊,其尾巴远远没有现在的大。由此,我们可以得出目前的阿勒泰羊,不过是当地牧民经过多年选育的结果。同时,这个结果也与阿勒泰羊自身的聪明有着很大的联系,因为,人类驯养动物,需要的是相对通人性,听话,能够为我所用的动物。

在游牧社会中,牧民依靠放养牲畜提供的产品过日子,牲畜则在牧民的庇护下繁衍生息。这种人畜相互依存的生产生活方式,注定了两种不同的生命之间将要发生许多有趣的故事。

20世纪70年代以前,草原上经常发生这样的事情:千里迢迢,牧民赶着羊群从冬牧场抵达夏牧场,时间已经过去了几个月了,路途上还能看到单只母羊带着羊羔赶往夏牧场的情景。如果路途中不出现意外,母羊肯定能够带着羊羔找到自己的主人。这是一幕非常动人的画卷。羊群熬过阿勒泰漫长的冬季之后,到春季转场时,整个羊群的体能几乎都消耗殆尽了。有些羊,尤其是待产的怀孕母羊,在转场过程中不知不觉就掉队了。有时候,这些掉队的母羊可能会加入从后面赶来的,其他牧民家的羊群继续前进。即便如此,这些母羊也不会忘记自己主人的声音。它们往往在体力得到恢复之后,便带着羊羔踏上寻找主人之路。

有时候,母羊产羔之后死了,羊羔完全由牧民抚养长大。这种羊羔甚至能听懂主人的话，理解主人的心思。

阿勒泰羊就是以这种忠贞和聪明走进了牧民的生活，成为阿勒泰地区畜牧业的品牌。

在水一方

阿勒泰羊属于放牧型绵羊品种，天然草场的好坏，牧草的种类、优劣以及水源等因素，决定其终端产品羊肉品质的关键。游牧生产方式最大的特点就是逐水草而居。福海县境内分布着闻名遐迩的乌伦古湖和乌伦古河等水域，先天的优越条件，为阿勒泰羊提供了繁衍生息的空间，保证了阿勒泰羊肉无污染纯天然的特色。

马克沙提对草原植被有着相当的研究，我从他那里了解了不少植物的情况。

阿勒泰地区草原植被种类大概有 2000 多种，其中，近千种植物可以利用。植被按照自己的生活习性分布在不同的区域，阿勒泰地区的牧民则利用植被的这些不同习性，将草场分成了冬牧场、春秋牧场、夏牧场等类型。阿勒泰羊享受着不同种类草场植被的滋养，在不同的季节，阿勒泰羊的羊肉也带上了这些植物的味道。

木地肤、假木贼、羊毛草、针茅、蒿草、甘草、藜等等，是冬牧场和春秋牧场的主要牧草品种,其中,羊毛草和木地肤的营养成分超过牧草之王苜蓿 2~3 倍。最有意思的是假木贼,在整个生长假木贼一种毒草,到了冬天,假木贼的毒性便莫名其妙的消失,成为非常有营养的牧草。

进入夏季,阿尔泰山脉变成一个天然大花园。苔草、羽衣草、百里香、野韭菜以及一些木本植物的叶子和嫩枝是阿勒泰羊夏天的美食。其中,许多牧草还是珍贵的中草药,例如红景天、芍药、一枝蒿、各种蕨类等等。最神奇的一种植物,应该归属于一种被牧民称为"人参"的植物。这种植物白天一般人看不见,只有阿勒泰羊知道它长在什么地方。这种植物夜里会发出淡淡的白光。阿勒泰羊吃了这种牧草,特别有精神,人一旦吃了这种羊的羊肉,浑身也特别有力量。

阿尔泰山脉夏季短暂,天然放牧的时间只有 2 个月左右,羊群在夏牧场放牧的时间虽然短,由于牧草汁多,且富含营养,阿勒泰羊的增肥速度异常快。60 天左右,阿勒泰羊的大尾巴就蓄积了足够抵御冬季严寒的能量。

我在福海县种羊场草原上采访时,恰逢当地冷空气过程。冷飕飕的风撕扯着黄绿相间的野草,大地一片萧条。冷不丁,衰败的草丛中竟然探出一簇簇紫色的小花朵,有些花朵已经被羊群啃食的残缺不全,但是,它们迎风敖立的姿态,就像大地在寒冷中擎起的希望,让生命为之一振。

开花的植物叫紫苑,在某些植物分类学中,紫苑被列入野生观赏花卉。而在福海县以及阿勒泰地区其他县市,紫苑却是阿勒泰羊中秋之后,一道色香味俱全的佳肴。试想,以鲜花为美食养育的阿勒泰羊,能不鲜美?

深秋草原上盛开的紫苑

我对植物有一种特殊爱好，并且自以为熟识新疆许多野生植物。9 月下旬，我在福海县种羊场附近采访，荒草萋萋的草原上，一簇簇绽放的紫色花朵，突然出现在我的视线中。我立即被这种美丽的花草吸引住了。

我原计划前往阿拉善山地草原。无奈天气突变，阴霾的天空和凛冽的冷风，让我提前感受到了阿勒泰冬天的气息。福海县委宣传部外宣办公室主任庄晓颇，看了看天说，山上肯定雨雪交加，车辆即使能够抵达阿拉善，恐怕也无法进行采访。他建议我去一趟该县种羊场，就这样，我邂逅了草原上的紫苑花。

蓦然看到紫苑花，我首先被它们的胆识折服了。在我看来，花是娇贵的，需要呵护。深秋，草原上绝大多数植被听命于季节安排，谢幕了。唯独紫苑，以一种傲视一切的姿态，在冷风中放肆地展示着色彩,没有足够的勇气,又怎么能够做到呢?

仔细观察这些美丽的鲜花,许多紫苑花骨朵还没有绽放就残缺不全了,有些花朵则明显留下受过伤害的痕迹。追究残害它们的元凶,罪魁祸首竟然是牛羊。原来紫苑不仅花色娇美,它还是牛羊喜欢的牧草。

草原和食草类动物是一个生物链,它们相互为生,又相互克制,如此它们才能够彼此生息繁衍。如果我们将牛羊和紫苑单列出来,情况大致是这样的:牛羊啃食紫苑,获得了生命所需的能量,它们排出的粪便则提供了紫苑生长需要的养分。同时,随着牛羊游走迁徙,它们将啃食的未消化的紫苑种子又传播到了更广大的区域。

福海县畜牧兽医站支部书记王大星告诉我,福海县境内分布着高山紫苑,阿尔泰紫苑(阿尔泰狗娃花),乳苑属等,民间一般统称为紫苑。它们均属于菊科野生观赏花卉植物。较早一些资料显示,7~9月是紫苑花期,实际上,近年来,随着新疆各地气温持续升高,福海县平原草场上紫苑的花期,大多延续到了10月中旬。我们所见的紫苑,学名叫阿尔泰紫苑。

查阅相关资料的时,我才发现许多人钟爱紫苑,并且以紫苑为名称。还有许多以紫苑花命名的论坛等等。按照某些时尚的说法,紫苑还代表着某些日子,在这些日子出生的男女则禀赋紫苑中和或者机智等人性化特点。

那么人们何以对紫苑情有独钟呢?

我以为应该与紫苑紫色的花色,以及生长习性有关系。紫色是一种冷艳的色彩,它没有红色热情,不如绿色醒目,没有黄色明亮,也不像黑色的沉闷庄重。紫苑花的紫色,给人一种神秘,一种唯美,一种高贵,还有一种忧伤或者寂寞……紫苑花所传递给人们的诸多气质,似乎迎合人类繁多的审美情趣;就其生长习性而言,秋天是一个复杂的季节,草原上的夏花早已经凋零,甚至野草也预知了一切,以一种萧瑟和悲怆认命了。紫苑却独树一帜,用一簇簇绽放的花朵,拥抱秋天,装点了荒凉凄楚的草原,看到这一幕,谁不为之动容?大概正是基于以上两种原因,人与紫苑之间才派生出了一系列说不清,理还乱的情结。

新疆野生花卉植物资源非常丰富,紫苑却是唯一的。我敢保证只要你在草原上看到紫苑,你肯定会爱上紫苑。

可可托海国家地质公园的记忆

地质公园,也称为地质遗迹公园。它们是以地质科学意义方面独特的地质景观为主,融合自然景观与人文景观的自然公园。地质公园是在地球历史时期,由内力地质作用和外力地质作用形成的,它们真实地记录,反映了地质历史演化过程和物理、化学条件或环境变化的过程。

世界上有许多著名的国家地质公园,如闻名世界的美国黄石国家地质公园等等。这些地质公园为人类认识地质现象、推测地质环境和演变提供了途径。6 月中旬,我在富蕴县采访期间,受到一位年迈的牧民回忆的启发,开始了一次奇妙的可可托海国家地质公园之行。

地 震 了

富蕴县吐尔洪乡阔克塔勒村村民哈吉阿克巴儿老人,

今年至少已经 85 岁了。但是，他的精神状态，尤其是他那显得异常深邃的目光，给人的感觉却非同龄人可比。

在富蕴县采访期间，当地干部刘强告诉我，1931 年 8 月 11 日下午 5 点多，当地发生了一次 7.9 级地震，震中就在该县一个叫卡拉先格儿的地方，这次地震在富蕴县大地上留下了一条 176 千米长的断裂带。我计算了一下地震距离现在的年代，整整 76 年，如果能够找到一位经历过那次大地震的人，应该是一件非常有意义的事情。经过三天努力，我们终于找到了哈吉阿克巴儿。

哈吉阿克巴儿家的夏牧场位于阿勒泰山脉北部，一个地势平坦的山顶草原上，毗邻现在的中蒙边界。由于牧场纬度高，又处在山顶，因此每年进入 8 月，他们就得转到海拔较低的阿勒泰山前区春秋草场放牧了。地震前几天，他们刚刚从夏牧场返回秋牧场。那天下午，哈吉阿克巴儿的母亲挤完牛奶正在炉子上烧奶茶，家里的其他人则围坐在毡房里东拉西扯的说着闲话。哈吉阿克巴儿父亲谈到这两天牛群不仅不安静，而且老是叫个不停。几只牧羊犬半夜里也号叫不止，草原上的旱獭似乎也多了，大白天它们就在草原上四处游窜。说话间，地底下好像突然发出一声吼叫，随后整个大地就剧烈地摇晃起来。

说到这里，哈吉阿克巴儿停顿了片刻。他在思考该怎么样准确给我们描述那次地震。"就像坐在拖拉机上一样,颠得非常厉害。那个样子吗,毡房都要塌了。"他说。

　　哈吉阿克巴儿的父亲喊了一声"地震了!"连拖带拽拉着两个孩子,踉踉跄跄冲出了毡房。他母亲试图扶住东摇西晃的奶茶壶,还没有站起身便仰面摔倒在地。哈吉阿克巴儿拉着母亲,几乎是手脚并用爬出了毡房。

飞来的湖

　　哈吉阿克巴儿家的春秋牧场位于一座小山脚下,毡房右面是一片开阔地,左前方是一片狭长的湿地,那里也是哈吉阿克巴儿家的草场之一。

　　地下震耳欲聋的隆隆声,地面上山体迸裂,岩石垮塌发出的怪声,牛羊惊慌失措的悲鸣,以及不知道是从地下还是空中喷出的烟尘,将整个草原拖入了一个恐怖绝望的世界。哈吉阿克巴儿被吓哭了。他的哭声终止了母亲的慌乱。哈吉阿克巴儿感觉母亲好像是从尘土中跳跃着站了起来,拖着哈吉阿克巴儿向开阔地跑去。

　　大地还在剧烈的晃动、颠簸着,哈吉阿克巴儿一家人心惊胆战地坐在开阔地的中央位置。高耸的悬崖峭壁一个一个轰然倒塌了,大地在痛苦地扭曲着。猛然间,地震突然停止了。紧接着哈吉阿克巴儿感觉一阵眩晕，距离他们家毡房大约 300 米远的地方，自东向西裂开了缝隙，随着缝隙的开裂，一条突然腾起的土黄色的尘土带，将天空似乎也分成了两半。

哈吉阿克巴儿的母亲发现地面裂开了，惊恐地干号了起来，回头看到几个灰头土脸的孩子，她张了张嘴，硬生生地把号叫声咽了回去，她的表情则如同凝固了一般僵在了号叫时的状态。

强烈的地震持续了好长时间（美国地质机构测得此次地震波达 2 小时），傍晚，大地似乎疲惫了，只是偶尔以轻微的余震舒展一下扭曲的身体。劫后余生的草原上显得有些狼藉。弯弯曲曲的地裂缝还在向外冒着淡淡的烟尘，山谷里不时还有岩石滚落的声响。当天夜里，没有一家牧民敢回毡房。

第二天，哈吉阿克巴儿惊讶地发现，自己家的草场竟然变成了一片汪洋。哈吉阿克巴儿的父亲骑马围着湖水转了一圈发现，湿地西面出水口的山谷中崩塌的岩石堵塞了山谷，水流不出去，一夜之间便淤积成了现在的鸭子湖前身。另一个原因就是整块湿地经过这次地震，整体下陷 1 米左右。

鸭子湖也称可可苏湖，目前，该湖已经成为当地一个著名的旅游地。可可苏湖最奇特的地方是湖中生长的芦苇会随着风一起在湖中游动。原因是由于湖底沉积有大量松软的腐殖质,芦苇还没有在腐殖质中扎根,风就把它们吹走了。芦苇则采取根连根的方法,相互依偎,相互支撑,最终形成了漂浮在可可苏湖水面上时分时合,成片分块的芦苇丛。

扭曲的地表

卡拉先格尔震源区位于富蕴县和青河交界处山中,距离富蕴县大概有 60 余千米。其中,接近震源的两三千米路程,只能翻山越岭徒步行走。

据说,卡拉先格尔震源区的地貌是国内保存最完整震源区之一。于是,在前往喀拉先格尔震源区的途中我就开始想象这里的地形究竟能够变成什么样,离震源还有十来千米,70 多年前那场浩劫留下的物证就触目惊心地展示了出来。成堆成片的山岩,犹如凝固的石头河流从山顶上倾泻而下,一些大如汽车般的巨石掺杂在其中,似乎是在提醒人们这里曾经发生过的故事,是多么的惨烈。

70 多年岁月,对许多人来说,就是一生。但是,这个年数对于一座山来说,不过是一瞬间的事情罢了。这些崩塌下来的石头,就像刚刚从山顶上滚落下来一般,保留着新鲜的断裂痕迹。那条断裂带,也如同不久前才发生的事情一样,几乎寸草不生地在绿色的植物群落中画出了一条死亡地带。

我想沿着山腰抄近路抵达震源。陪同我采访的当地干部刘强说,在其他山区沿着山腰走是节省体力的最好选择,但是,在这里采用这个方法不仅节省不了体力,还存在危险。我没有听刘强的建议,沿着山腰便笨鸟先飞了。我很快意识到自己的选择有多么愚蠢,以至于不得不借助刘强的帮助,才摆脱了高达数米,几乎是垂直分布的地震断列带给我造成的麻烦。

震源处在一个四面环山的洼地间。西面一座山峰仿佛被某种神秘力量自上而下劈开一般,敞开了一道宽 4 米左右,深达 10 多米的裂口。裂口四周的岩石则如同经历了一次地下核爆炸,呈现出一种由内至外的迸裂状。洼地地面上虽然有草,这些草却由于地震破坏了地表原貌,以一种类似鱼鳞状的奇特形状坑坑洼洼的布满了洼地。有些地段则给人一种扭曲,拧麻花的感觉,可以明显看出震源区整体水平位移在 10 米左右。洼地四周的山体上,最大的滑坡痕迹高达 64 米,也就是说,这片山间洼地,向下最大塌陷达数十米。

震源区地貌给人的感觉,除了恐怖还是恐怖。我对地震的危害有了直观的印象。

天设钟山

距离富蕴县约 60 千米的东沟,是富蕴县即将开发的一个集山水林木、奇石异草为一体的自然景区。我拖着因连日采访疲惫不堪的身体来到东沟。出人意料的是,进入东沟后,我的身心便在不知不觉中轻松了起来。

东沟的诱人之处,首先在于沟内咆哮的大河是最终注入北冰洋的额尔齐斯河干流。这种情况,让人在穿过可可托海进入东沟的刹那间,便生出一种夹杂着期望探寻额尔其斯河源头的豪迈之感。试想,一头是森林茂密,草长莺飞,气候凉润的东沟;一头是冰封雪裹,北极熊横行的白色世界。多么大的反差。为了将二者联系起来,汽车在东沟内歪歪斜斜行驶了十来千米,我便提议下车步行一段路。我想透过额尔齐斯河波浪,感受来自北极的信息。

阿勒泰山脉就是这样奇特。光秃秃的石壁上几乎看不到土层。植物更奇怪,见缝插针一般,站满了石壁上所有的缝隙。最让人纳闷的是那些耸立在石壁上的松树,看情形似乎任何一丝风吹草动,它们就有可能跌下山谷,随着滔滔的河水一起飘向北冰洋。但是,它们的树龄却分明告诉我,这些松树在悬崖上的时间多则上百年，少的也有几十年了。另一个奇特的地方，就是这些站在高处的树是怎样飞到悬崖峭壁上的，好在不久前，我在一部电视片里了解了一些这方面的情况，才不至于劳神思考为什么。鸟儿不经意间留在悬崖峭壁缝隙间的粪便，遇到雨水，鸟粪里的种子便生根发芽了。这是一种奇特的生命传播方式。据说，只有鸟类的消化道分解了种子外层坚硬壳，这些种子才能够成活。

额尔齐斯河水没有因为我们徒步的举动改变一丁点儿。在河边逆着河水行走了数百米，我不仅没有找到期待中北冰洋的信息，反而在一棵被大水冲倒的大树的枝叶之间，领悟到了生命脆弱的一面。逆返回来，联想到自己正健康地行走在撒满阳光的世界，我开始感谢生命，感谢曾经帮助过我，甚至是欺骗过我的每一个人。

徒步欣赏东沟的景色固然惬意，时间逃逸的也非常快。东沟依然深邃，路程还很遥远。无奈钻进汽车，加紧赶路。路却理解人心，前行不足十千米，正在施工中的公路竟然断了。

大家都觉得不够尽兴。于是，背包的背包，拿食物的拿食物，情形真有点徒步远行的味道。没走多远，河滩树林里的毡房又吸引了大家。两三碗酸奶下肚，嘴里还啃着坚硬的酸奶疙瘩，喜欢奇石的人就蹲在河边，四处搜寻起来。

　　这块石头像个老人，这块石头上面有幅山水画，这块石头上有个数字。我对奇石一向兴趣不大，只好敷衍着，招呼大家，抓紧时间。我猜想前面肯定还有美景等待着我们。

　　摇摇晃晃的走过一座跨河吊桥，眼前赫然出现一道绝壁，再看看河对岸，一座高达百余米的钟形巨石，恍如从河水中突然冒出来一般，惊心动魄地耸立在对面。两山夹峙的额尔齐斯河怒吼着，一浪高过一浪地敲击着石钟，然后化作白色的泡沫，愤愤不平地向下游奔腾而去。

　　来东沟之前，陪同采访的当地干部刘强就给我描述了东沟一绝——钟山奇景。为了加深我对钟山的印象，他还绘声绘色讲了一个有关钟山的传说，并且拿出一张钟山的图片。

　　不知道是图片的拍摄角度有问题，还是刘强夸大了钟山的雄壮。图片上的钟山就如同一块酷似大钟的石头，静悄悄的卧在河水之中。出于尊重刘强的热情，看过图片我没有发表意见。现在钟山就在河对面。它分明是一座高不可攀大山。刘强让我欣赏的图片，据说是出自一位名家之手，名家怎么把钟山缩小成了一块奇石？

　　刘强告诉我，如何拍摄钟山，一直都是挑战摄影家的头疼问题。狭窄的山谷限制了拍摄角度，据他掌握情况，还没有一个摄影家，能够真正拍摄出钟山的气势。

由于时间原因，我们无法前往钟山前面的温泉所在地了。在钟山下浏览了一个多小时，越发感觉钟山奇绝得的不可思议。揣着满腹疑惑，返回富蕴县城时间已经接近 12 点。躺在床上回忆东沟的经历，依然无法入睡，索性翻看《富蕴县志》。东沟全长竟然有 80 多千米，我们只走进了其中的四分之一。东沟，还有什么景色等待着人们欣赏呢？

独特的公园

保存如此完好的地震断裂带，实际上只是可可托海国家地质公园的一部分。富蕴县国家地质公园还包括闻名世界的可可托海地质 3 号矿脉、额尔齐斯河、伊雷木湖、东沟温泉等一系列人文景观、自然景观。

富蕴县国家地质公园之所以奇特，就如同富蕴县名称的来历一样耐人寻味。据说，富蕴县的名称就是因为地下蕴藏丰富宝藏而得名。大自然不仅恩赐给富蕴县名声远扬的地下宝藏，地面上还汇集了额尔齐斯河等河流，特殊的地质构造、风雨侵蚀和流水切割，造就了富蕴县可可托海山区众多深沟峡谷，这些高山峡谷又成就了森林、草原、奇石、温泉等自然景观区。

由于地质公园纬度在北纬 47 度以北，公园内的铁买克乡还曾出现过零下 53 摄氏度气温，创造了新疆"冷极"的记录。

据介绍，富蕴县国家地质公园内地质遗迹景点数量接近 200 处，其中，最著名的有号称"地质圣坑"的 3 号矿脉、钟山、海蓝宝石矿遗址、碧玺土矿，以及极具观赏和科研价值的石景群等。

我在该地采访期间，东沟景区内正在修建公路。公路建成以后，乘车就能抵达地质公园深处的钟山，温泉等自然景观区域。但是，要想欣赏震源区域的地貌，体验断列带给人造成的冲击感，震源区在瞬间曾经发生的天翻地覆的变化，不付出相当的精力，不冒些危险，是无法体会到的。

我们生活在地球上，应该多一点，再多一点，了解这个星球，认识这个我们唯一的家园。

额尔齐斯河探源

许多人都知道额尔其斯河是我国唯一流入北冰洋的河流，但是，说到额尔齐斯河的源头，了解的人就很少了。仲夏时节，我带着同样的疑问进入了富蕴县东沟，逆额尔齐斯河水而上，试图抵达或者接近大河之源。

东沟印象

有人认为，发源于阿尔泰山南麓雪峰的额尔齐斯河是由喀依尔特河、库依尔特河、喀拉通克河等支流汇入可可托海伊雷木湖之后形成的，也就是说伊雷木湖的出水口既为额尔齐斯河之源。实际上，在这些支流当中还隐藏着一条大河，这条河接收了阿尔泰山第一滴融雪水之后，便以吸纳百川的魅力，迅速汇集了高山大峡中无数沟、溪、泉水，形成了伊雷木湖上游东沟内的额尔齐斯河干流。

东沟，在富蕴县，也称额尔齐斯河大峡谷。据说，峡谷全长 70 余千米，直达中蒙边界附近的阿尔泰山分水岭。我们在富蕴县做了充分准备，却没有料到进入峡谷不久，我们就发现此行犯了一个很大的错误：没有考虑牧业转场可能带来的交通拥堵。

东沟在很久以前就是当地哈萨克族牧民的重要夏牧场，5 月末，正是哈萨克族牧民驱赶着牲畜转向夏牧场的季节。狭窄的东沟内两岸峭壁林立，沟底大河滔滔、森林密布，唯一的通道就是千百年来哈萨克族牧民沿着崎岖的额尔齐斯河岸、穿林、过涧探索出来的牧道，加上东沟景区前半段公路改建施工的影响，尽管我们的越野车性能优越，也只能尾随着转场的羊群，时不时还得避让着施工车辆，在峡谷内缓缓爬行。

好在东沟景色奇绝，道路的阻塞反而成全了我们观赏额尔齐斯河上游自然风光的机会。后来，我们索性放弃了车辆，体验起了徒步亲近自然的感觉。

钟山无疑是东沟景区极具魅力的亮点之一。一座高达数百米的钟形巨石，恍如从奔腾的河水中突然冒出来一般，惊心动魄地耸立在大河一侧，确切的说是威猛的巨石生硬的强占了河的领地。两山夹峙的额尔齐斯河怒吼着，一浪高过一浪地敲击着石钟,然后化作白色的泡沫,绕过钟山愤愤不平地向下游奔涌而去。

据说,许多摄影高手,希望拍摄出钟山的气势,但是,由于峡谷内空间有限,直到目前依然没有一幅图片能够真实再现一个人面对钟山时感受到的震撼。以至于许多摄影高手认为钟山有一种魔力,镜头里的钟山气势恢弘,分明是一座高不可攀大山,拍出来的图片却如同一块酷似大钟的石头,静悄悄的卧在河水之中。

温泉之水

进入东沟 25 千米,在接近温泉的牧道上,我们遇到了年轻的牧民吐尔逊和他的羊群。我们的驾驶员焦急的按了一通车喇叭,不仅羊群并没有避让的意思,反而将一头瘦骨嶙峋,本来在路边行走的黑眼睛黄牛吸引了过来。

同伴真正体验了什么是"牛"。我到觉到这头几乎横在我们车前面的黄牛,可能是过于疲惫,也许是刚刚过去的阿勒泰冬季的严寒,还潜藏在它骨头缝里的缘故,它显然一步也走不动了。

骑在马上的吐尔逊挥舞着鞭子赶了过来,我担心随着吐尔逊手里的皮鞭落下,黄牛可能会倒地不起。其实,吐尔逊的鞭梢只是掠过了牛背,鞭子甚至连牛毛都没有碰。黄牛大概感受到了主人的关照,无力的摆了摆头,一群苍蝇从黄牛的眼部飞了起来。黄牛的黑眼睛,实际上是爬着一层苍蝇。黄牛磨磨蹭蹭的转过身体,继续上路了。我打开车门,跳下车,与吐尔逊聊了起来。

吐尔逊的羊一共有 200 多只,那头黄牛的确有些毛病,但是,在转场的路途中发生这样的事情,谁也无力帮助黄牛,它只能依靠对生的欲望,坚持走完进入夏牧场必须要走的 10 天路程。吐尔逊的家人赶着骆驼,已经提前抵达温泉临时放牧点了,他们在温泉支起了临时帐篷,烧好了喷香的奶茶,正在等待着吐尔逊和羊群。

对于转场的牧民来说,温泉是整个东沟路段一个重要的临时放牧点,从温泉继续向东北前行,东沟进入高山峡谷区域,路途也变的越来越艰险。途径温泉的牧民,在年复一年的转场过程中,逐渐发现滚烫的温泉水能够治疗某些疾病。于是,许多游牧民家庭来到温泉之后,便将年老体弱的老人留在温泉沐浴治病,等到 8 月末、9 月初返回时,再将老人们带出东沟,期间,进入夏牧场的青壮牧民只需要隔几天送下来一些食物即可。吐尔逊的父母身体都很好,因此,这个家庭只在需要在温泉休整一天,便可接着上路了。

我们抵达温泉,时间已经接近下午 3 点钟,原计划一天走完大峡谷的想法显然行不通了。我们在温泉附近的草地上吃过午饭,便商量着攀登峡谷右侧的一座馒头状高山。

无名石山

陪同我采访的富蕴县宣传部的几个朋友,疑虑重重的望着馒头状高山顶部的几棵松树,他们担心在没有携带任何登山装置的前提下,贸然攀登这座光溜溜的花岗岩大山,一旦发生意外无法交代。其实,我是经过仔细观察之后才做出攀登决定的。

东沟两侧的大山,从表面看来几乎都是光滑的绝壁,但是,仔细观察。你就能发现在这些绝壁之间,总有一些呈点状或带状的植物带,这些植物带恰恰就是岩石裂隙所在。松树、桦树、忍冬等植物的种子,借助这些裂隙顽强的扎根到了高高的绝壁之上。我们正好可以借助这些岩石裂隙以及期间生长的植物登上山巅。还有一个必须登山的理由就是为了丰富我采访的内容,为此,即使遇到一些危险,也没有什么大不了的。

同伴们见我执拗,只好尾随着我开始了一次有惊无险的攀登。事后,同伴开始赞叹,此次攀登使大家领略了一番难得的居高临下欣赏额尔齐斯河大峡谷的机会。

　　我们手脚并用爬到山腰部位,一道两米多高的绝壁,阻挡了我们攀登的步伐,同伴们建议休息片刻的下撤,我坚持沿着山腰寻找其他登顶路线,说着,不等大家同意,我背起摄影包,沿着陡峭的岩壁绕过绝壁,沿着石缝间的一棵小桦树,从绝壁另一面征服了表面看来不可能逾越的悬崖。悬崖上面的景色果然不同,党参、黄连、岩白菜等稀罕的药用植物,几乎占据了松树、白桦下层的所有空间,石缝间则探出蕨类植物青翠的叶子。我想起电影《侏罗纪公园》里的场景。

　　"小心恐龙啊。"我笑着告诫大家。

　　"恐龙? 不会还有华南虎吧。"一位同伴同样玩笑着说。

　　"野生华南虎是假的。恐龙却是真的。看一看石缝里的蕨草,《侏罗纪公园》里的恐龙好像就生活在这样的环境。"

　　短暂的轻松之后,我们遇到了此次登山最大的困难,一块坡度大约在50度,高度在10米以上的岩壁。踌躇了片刻,我们最终战胜了自我,跨越了这个抵达顶峰前最后的障碍。我所付出的代价只是脚上的皮鞋撕开了一道口子。

遥远的源

　　或许是山体太陡峭的原因,整个登山途中,我完全变成了一个鼠目寸光者。蓦然登高望远,越过东北方一系列高山大川，阿尔泰山高山冰雪与白云缠绵在一起，在海蓝色的天际形成一道神秘的白色屏障，那些雪山就是当地人称为后山的额尔齐斯河源头所在地。脚下的额尔齐斯河大峡谷以及奔腾的额尔齐斯河河水，就如同另外一个世界的景色，我似乎是偶然之间来到了这里，并且发现了峡谷的秘密，我产生了一种类似偷窥的愉悦感。峡谷对面的悬崖峭壁把我拉回现实，当我确信自己现在的位置就处在高山之巅，成功的喜悦让我忘记了所有的危险。

回想自己登山过程中鼠目寸光的行为，我对"鼠目寸光"这个词组的真实含义也有了新的认识。其实，任何人都有目光短浅的时候，尽管原因各不相同，但是，这种鼠目寸光却是必须的。就如同我们在登山过程中，眼睛只能盯着眼前的石头或者障碍一样，此时，稍有不慎就有可能出现无法预测的后果，那么我们最佳的选择就是眼前。当危险成为过去，我们可以放眼远望，感慨豪迈之际，我们不应该忘记，正是有了前面的鼠目寸光，我们才获得了后来的成功。

出发前，我对于抵达额尔齐斯河源头充满了信心。进入东沟之后，糟糕的路况以及遭遇转场羊群，让我意识到前面的准备工作都成了无用功。不过站在山巅，我很快就修正了自己的看法。实际上，我们在确定一个目标的时，同样犯了一个类似"鼠目寸光"的错误。这种错误使得我们在赶往既定目的地的时候,往往忽视了"过程"中的细节或者事件。其实,最真实和愉快的恰恰是我们通向目标所经历的。

陪同我采访的富蕴县宣传部干部勾毅,去年夏天曾经抵达额尔齐斯河源头区域,他说,在一般人眼里根本无法区别究竟哪里才是额尔齐斯河源头。但是,东沟却是实在的。名不见经传的雪水正是在流经东沟70多千米的过程中,接纳了众多河流溪水,最终形成了额尔齐斯河干流,同时,也成就了著名的额尔齐斯河大峡谷风景区。

乌拉尔山南下的冷空气

由乌拉尔山南下的强冷空气✕日入侵新疆。新疆北部地区普降大雪,气温降至零摄氏度以下,自治区首府乌鲁木齐的气温下降✕多摄氏度。新疆北部的伊犁、塔城、阿勒泰等地降水量超过✕✕毫米;新疆南部的喀什、阿克苏、巴音郭楞蒙古自治州等地也有不同程度的降水,个别地区降水达到中量。天气转晴后,新疆将会出现强降温天气,气温将普遍下降✕✕摄氏度左右。

以上文字是我们春秋季节常听到的天气预报情况。那么乌拉尔山究竟是一座什么样的山,为什么影响新疆,乃至我国绝大多数区域天气的冷空气都是来自乌拉尔山呢?乌拉尔山是如何制造如此强大的冷空气的呢?

乌拉尔山

乌拉尔山脉北起北冰洋喀拉海的拜达拉茨湾，南至哈萨克草原地带，绵延 2000 多千米，介于东欧平原和西伯利亚平原之间。乌拉尔山脉是欧亚大陆的界山。乌拉尔山脉的西部是俄罗斯平原，东部是西伯利亚平原。

在我的心目中，声名如此远扬的一条山脉，山势肯定高耸威猛。查阅了许多资料，乌拉尔山脉的实际情况却完全出乎了我的意料。乌拉尔山山脉自北至南分为极地、亚极地乌拉尔山地和北、中、南乌拉尔山五段。山势一般不高，平均海拔 500~1200 米；亚极地 1894 米的人民峰是乌拉尔山的最高峰。山脉的宽度为 40~150 千米。中段低平，是欧亚两洲的重要通道。

乌拉尔山脉高度自下而上可分 3 个自然带：草原带、森林带和童秃山峰带。草原带主要分布在南乌拉尔、东坡和山前准平原分布最广。北部海拔 400~500 米以上，南部 1200~1250 米以上为童秃山峰带。森林带主要是针叶林，分布在东西两坡。乌拉尔山脉西坡较缓，东坡较陡。由于地理条件不同，乌拉尔山脉两边的矿产资源和动植物分布有着明显的区别。乌拉尔山脉是俄罗斯的一个矿藏宝库，它的东坡蕴藏着磁铁、铜、铝、铂、石棉等矿产；西坡有丰富的钾盐、石油和天然气资源。山脉东西坡气温不同，西坡的年平均降雨量比东坡多300毫米，分布着大片阔叶林和针叶林，林中生长着椴树、橡树、枫树、白桦等树种；东坡大多是落叶松，阔叶林很少见。1995年根据自然遗产遴选标准乌拉尔山脉北部的科米原始森林被列入《世界遗产目录》。科米原始森林位于乌拉尔地区和乌拉尔山脉的冻土地带。这一广博范围内的针叶树、白杨、白桦、泥炭沼、河流以及天然湖泊，已经被监控和研究了50多年。科米原始森林还是全欧洲唯一生长西伯利亚松树的地方。

乌拉尔山脉还是伏尔加河、乌拉尔河以及鄂毕河流域的分水岭。生活在东西两侧河流的鱼儿也不一样：西侧河流里的鲑鱼体闪红光，而东侧河流里的马克鲟鱼和折东鱼等却呈银白色。

高空中的"河流"

既然乌拉尔山脉并不是我想象当中冰天雪地，寂静冷漠的如同北极冰盖的景象，那么乌拉尔山南下的冷空气是从何而起呢？自治区气象台首席预报员陈春艳女士，解开了我的疑惑。

她告诉我天气变化是一个非常复杂的大气环流演变过程。从大的方面上来说,受地球自转影响,空气就如同一条大河,自西向东流淌着。其中,最明显的例子就是我们乘飞机时出现的时间差。假如从乌鲁木齐到北京需要 4 小时,我们从北京返回乌鲁木齐就需要 4 个半小时。同样的飞机,同一条航线,出现时间上的差别,其原因就是这条气流大河造成的。因为,从乌鲁木齐到北京是顺水漂流,而从北京到乌鲁木齐是逆水行舟。地面上河流在流淌过程中不可避免要出现一些插曲,就如同雅鲁藏布江出现马蹄形大转弯,以及水流中出现波浪、旋涡等等情况;高空中的这条大河在流动过程中同样会受地形,太阳辐射等因素的影响,出现类似的弯转、旋涡、波浪,甚至回流等情况。

天气预报广播中,常常出现"低压槽"和"高压脊"两个名词,实际上就是空气这条大河在流动过程中形成的波浪。在气象学上这种波浪被称为"低压槽"和"高压脊"。波浪的低谷区就是低压槽。气流做反时针方向旋转,气压分布是中间低、四周高,空气自外界向槽内流动,槽内空气辐合上升,形成阴雨天气。波浪的高峰区就是高压脊,气流做顺时针方向旋转,气压分布是中间高,四周低,空气自中心向外辐散,脊内盛行下沉气流,一般天气晴好。一对槽脊,一低一高组成一个波动。

高空槽脊形成后,不停地移动和变化,有时加强,有时减弱。随着高空槽脊的移动变化和加强减弱,地面的天气也会随之发生相应的变化。比如我们熟悉的龙卷风,小旋风等就是我们可以看的见得大气中的旋涡运动,这些"旋涡"有的呈逆时针方向旋转,有的呈顺时针方向旋转;有的一面旋转一面向前运动,有的却停留原地少动;有的随生随消,有的却出现时间相当长。这些大型旋涡在气象学上又称为气旋和反气旋。

冷空气来了

受太阳辐射的影响,从赤道向北天气情况呈现出南湿热,北干冷的特征。由此便形成了北高南低的气压分布现象。气旋和反气旋是这个过程中常见的天气系统,它们的活动对高低纬度之间的热量交换和各地的天气变化有很大的影响。

陈春艳说,北极圈区域如冰岛等地都是冷空气的发源点,冷空气形成以后,随着大气环流开始南下,这些冷空气有的在途中改变了方向,影响到欧洲天气,有些则直扑乌拉尔山脉,以及西西伯利亚。冷空气在这个区域同样可能出现改道的情况,流向其他地方的冷空气,由于对新疆天气影响微弱,这些冷空气属于气象专家了解的范畴,我们的天气预报一般不播报。反之,我们就能够通过天气预报,听到乌拉尔山或者西西伯利亚的冷空气来了。也就是说,我们熟悉的由乌拉尔山南下的冷空气,乌拉尔山或者西西伯利亚并不一定就是冷空气的发源地,只不过因为这里是影响新疆天气的冷空气的必经之路罢了。

形象一点来说,就如同我们要进入新疆,必须要经过河西走廊一样。当然,这并不代表冷空气抵达乌拉尔山之后,只要不改道就直接南下了。受多种因素影响,冷空气在这个区域有可能加强,也有可能减弱。

我们熟悉的冷空气在整个大气环流中,实际上就是一种近地层的反气旋(冷高压)。反气旋大的可以和最大的大陆和海洋相比,如冬季亚洲的反气旋,往往占据了整个亚洲大陆面积的3/4,小的直径也可达数百千米。

气旋之间,并不存在不可逾越的鸿沟。不同类型的气旋和反气旋,在一定条件下会互相转化。如锋面气旋可因一定条件转化为无锋面气旋(冷涡),无锋面气旋(热低压)可因一定条件转化为锋面气旋;冷性反气旋也可转化为暖性反气旋。

巴里坤草原，人与自然的故事

230 年皇家粮仓的秘密

巴里坤县粮食局的院内有 8 座至今依然使用的古粮仓，5 月 18 日，我揣着窥探其中的秘密的心理，走进了其中一座粮仓，事实正如我的好奇一样，历经岁月沧桑的古粮仓里果然隐藏着古人的许多智慧。

我们是接近正午时来到古粮仓的，外面骄阳似火，白花花的阳光照射得人有些发晕。进入粮仓，黯淡的光线，凉爽的空气，感觉就如同换了一个世界一样。巴里坤县文物局局长蒋晓亮告诉我，即使是在巴里坤县最热的 7 月间，一般人也不敢在粮仓里睡觉，原因是粮仓里温度太低，在库房里睡觉很容易受凉。

蒋晓亮在参加工作初期，曾经当过粮食局的粮食保管员,并且有幸负责古粮仓的粮食储存工作。当时,人们都说粮仓修建的年代很久远,至于究竟是什么年代修建的却没有人知道。另一个说法就是这些粮仓里保存的粮食几乎从来不生虫害,因此不用熏蒸杀虫。其中原因是粮仓的温度低,不适合虫子繁殖。在后来的几年中,蒋晓亮管理的几座古粮仓的粮食果然没有发生过虫害,没有虫害自然也少了现代粮食储存过程中熏蒸杀虫的环节。

说到这里,大概是我们在粮仓待的时间有点长的缘故,一向怕热的我,感觉到了一些冷意,陪同我采访的吴海燕女士则走出粮仓,站在阳光下面晒起了太阳。那么古粮仓保温的秘密究竟在哪里呢?如果你仔细观察古粮仓的墙壁你就会发现其中的秘密。墙体最厚的地方达1.5米左右。这样的墙体厚度以及厚实的屋顶处理方式,使得粮仓内的温度保持在了某种恒定的范围之内,而这种温度恰恰是储存粮食的最佳温度。

粮仓的建筑方式也体现了古人的聪明才智。按照当地的说法,古粮仓采用的是"墙倒屋不塌"或者称"四架梁"结构,既一种古老的框架结构建筑结构。这种结构最大的特点就是屋面由墙内立柱和墙外立柱支撑,也就是说屋顶和墙体是分开的,一般情况下,即使粮仓的墙体倒塌了,屋顶在立柱的支撑下也不会塌落下来。何况粮仓的墙体本身就异常坚固，这正是古粮仓能够保存至今的秘密之一。

现代仓储库房一般采用混凝土地面，这种地面坚固性虽然很好，但是，却有个返潮的弊病。巴里坤县的这些古粮仓均采用的是木地板材料，同时，木地板与地面之间还留出了近 20 厘米的空间，保证了储存粮食所需要的通风条件，保存在这种库房的粮食自然不会发生受潮、霉变等现象。

那么是谁修建了这些坚固的粮仓，修建这些粮仓还有其他目的吗？前不久，巴里坤县编纂县志时，相关工作人员在北京故宫查阅资料的时候，巴里坤县古粮仓的秘密终于大白于天下。

在 230 多年前，清廷为了巩固中央王朝在西域防务，在当时的西域重镇镇西(今巴里坤县)修建了 8 座，每座可储存 32 万斤粮食的皇家粮仓。所谓皇家粮仓，其性质与现在国家粮食储备库相当。由此，我们就不难理解这些使用了 200 多年的老粮仓，建造时科技含量之高无疑是一流的，其坚固度自然也是一般建筑难以比拟的。

目前，8 座古粮仓均已经列为文物保护单位，该县文物局还将其中的一座粮仓开辟成了展览馆，并且收集到一些与粮食有关的诸如碾子等文物共同展出，吸引着大量的游客走进古粮仓，抚今吟古，别有一番滋味在心头。

草原上的烽燧

巴里坤大地上耸立着许多古老的烽燧，这些冷兵器时代遗留下来的军事设施，历经岁月沧桑，依然以它们曾经的存在的价值，吸引着每一位来到这里的人们。古人为什么在这里建造如此多的烽燧呢？3月20日，我带着这样的疑问，拜谒了巴里坤县的几座烽燧。

烽燧，也称为烽火台，是古代重要的军事防御设施之一。在我国历史上，有关烽火台最让人啼笑皆非的故事，大概莫过于烽火戏诸侯了。周幽王烽火戏诸侯的故事已经过去将近3000年，但是，这个故事却为我们了解烽燧在古代军事战争中的作用提供了线索。

巴里坤古称蒲类国，公元前59年属西域都护府管辖，后为匈奴游牧地。东汉属西域都护府管辖，后属匈奴。北魏属柔然、高车。唐贞观十四年（640年）建蒲类县。宋代属伊州。元代属别失八里行省东境，始称巴尔库勒。明代属瓦剌和硕部。进入清代，清帝国与葛尔丹等部落在这里展开了反复拉锯战，进一步凸显了扼守着丝绸北道命脉的巴里坤的战略重要性。

2004年5月，我曾经进入巴里坤县与蒙古国接壤的三塘湖盆地探险,三塘湖盆地的荒凉远远超出了我的想象,但是,更让我吃惊的是,就是在这个连一只鸟都看不到的地方,却耸立着一座座绵延不绝的烽燧。当时,我对巴里坤历史了解得不多,因此,看到这些烽燧,我只考虑着驻守烽燧的士兵的生活问题,并没有将烽燧与军事联系起来。随着对巴里坤县的了解,我渐渐明白,早在2000多年前的西汉时期,这里就是西汉王朝与匈奴争夺的战略要地,烽燧则是历史最好的见证之一。

按照目前已知的烽燧分布情况,巴里坤烽燧分东线、西线和北线三条线路。东线烽燧绵延到哈密,西线进入蒙古国,北县延伸至乌鲁木齐方向。这恰好是沿着历史上通往巴里坤的三条道路分布的,其中东线和北线至今依然是进出巴里坤县的必经之路。

巴里坤县文物局局长蒋小亮告诉我,巴里坤现存烽燧之多,保存之完好,在新疆境内都是罕见的。去年该县在进行文物普查过程中又发现一些烽燧,全县烽燧总数量达到50座。当地民间还流传着该县西山存在烽燧的传闻。巴里坤县还有多少烽燧等待着人们去发现呢?

古宅·老人·文化

晚霞从巴里坤湖送来的凉风，吹散了巴里坤县初夏的酷热，漫步在巴里坤县街头，我竟然产生了穿越时空，进入某个古代城市的感觉。回过神来，我才醒悟，并不是我的感觉出了问题，我的的确确走进了一条古民巷——巴里坤县榆树巷。

榆树巷因巷内有一棵 200 多年的老榆树而得名，当然，最重要的还是老榆树的树阴庇护的王善桂古民居。这座经历了将近 300 年历史的老宅，它阅历了一个家族的百年兴衰，也给我们留下了一段巴里坤的历史记忆。去年，巴里坤县对散布在县城其他地方的老门楼进行收集，进而整体搬迁至榆树巷，于是，古老的榆树巷又恢复了。

我对建筑艺术知之甚少，尤其是我国的古代建筑了解的更少。但是，不知道是血脉中继承了祖先因子，还是因为住房与生活息息相关的原因，踩着巷内的卵石巷道，浏览着巷子两边雕花的古代门楼，我多少也领悟到其中的一些传统文化色彩。

资料显示，自康熙开始在今巴里坤县实施屯垦，到乾隆时代巴里坤县的屯垦规模达到一个空前时期。屯垦的形式有兵屯、民屯、犯屯和商屯。当时驻守在巴里坤县的军队战时打仗,平时耕作,保证粮草基本自给,这样做既减轻了国家负担,也能增加士兵个人收入。为使这些人长期定居,政府还鼓励他们携带家眷移居当地,并分给耕地和牲畜,赏给一定量的盐、菜、银等。清政府的一系列优惠政策不仅稳固了驻军,同时也吸引了中原大量汉族居民,源源不断地来到作为西域门户的巴里坤。

1731 年,岳钟琪修筑巴里坤绿营兵城后,官吏、商贾等非农业人口集居城内,人们开始大量建造民宅。民宅多为土木结构平房,院落三面或四面由房屋占据,形成一个四合院。房屋的多少和院落的大小当然视其家庭经济状况和人口的多少而定。门楼往往要根据主人的身份,即社会地位、财富、职业等有不同的讲究。从现存门楼的雕刻或彩绘,依然可以轻易地看出其主人的身份。王善桂古民居建宅者是岳钟琪部将中的一个山西人,官位曾达到四品。从建房到现在,王家先后有 13 代人在此居住。

青灰色的墙壁,古旧的门楼,厚重的木板门,走在榆树巷内,感觉就是行走在历史之中。望着那些搬迁过来空置的门楼,我不禁产生了这样的遐想:大门洞开,说明宅院的主人就在附近,他们或许正集中在那棵大榆树下家长里短的聊天呢。转过一个高大的老门楼,大榆树却躲到了一幢古民居的院子里。

古民居雕花的门楼让我想起曹雪芹笔下的大观园。这些古人聚集在老榆树下探讨什么问题呢？老宅里的情景又会是什么样？正寻思期间，"吱呀"一声，紧闭的木门敞开了，一个面目和善的老者，似乎是从历史深处走了出来。老者是古居现在的主人王善桂。他在院里收拾花草，听到门外有响动，开门查看究竟，我们两人目光恰巧遇到了一起。这种相见方式，虽然有些突兀，却为我的某种寻找或者说思考带来了新意。

王善桂家是个大家族，不过，目前留在巴里坤县的人却不多，常年居住在老宅的人则只有王善桂一个人。老宅最热闹的时候是隔一两年，家族成员在这里举行的春节聚会，这期间，大多数王家人会从新疆各地赶回老宅，度过一个传统的新年。这种聚会既给老宅注入了现代气息，同时，也让回到老宅的人们重新经受了一场历史文化的教育。

仔细想一想，巴里坤县之所以被称之新疆汉民族文化的发祥地，文化的传播不正是通过类似的聚散，一点一点扎根在新疆大地的吗？

仙姑庙即景

　　巴里坤县素有"庙宇冠全疆"之誉。《镇西乡土志》载,自"道光年间、回营有回营之庙、三乡有三乡之庙、庙宇之多巍然诚郡之壮观也"。3月19日,我揣着阅读巴里坤历史的心思,拜谒了古意沉沉的仙姑庙以及同在一个院落内的地藏寺、财神庙等文物古迹。

　　资料显示,清初平定准噶尔之乱以后,当时的巴里坤社会相对稳定,从统治者到一般老百姓,都需要精神寄托,于是,人们开始大规模建造庙宇。这期间,巴里坤汉城和满城先后建有庙宇57座,如果加上乡野庙宇,巴里坤境内佛、道、儒、仙、神、圣、鬼、贤等庙宇祠堂接近百座之多。

　　走进仙姑庙,我才明白这里原来是一个具有相当规模的古建筑群。其中,巴里坤县文物局和历史展览馆也在这里。我对古建筑知识了解很少,对各路神仙鬼怪的来龙去脉知道的也不多,幸好文物局局长蒋小亮堪称这方面的研究专家。于是,随着蒋小亮的解说,我走进了巴里坤的历史。

　　高大的建筑和院内的古树遮挡了阳光,偌大的庭院内多了一些阴沉庄重之感。积雪大概也悟解了这里的气氛,丝毫不为季节所动的样子,依然拥抱着隆冬在墙边空地上酣睡着。总感觉有股凉风在脊背上游走着。蒋小亮看了看我的着装说：你穿得太单薄了。5月初才算是巴里坤的春天。

仙姑庙又称甘州会馆。庙内供奉的是尊成孝道的化身何仙姑，人们建筑这座庙宇的用意非常清楚——教化现实中的女性应当像何仙姑一样孝敬老爱幼。何仙姑是我国民间传说"八仙"中的一位神仙，她的故事几乎家喻户晓，能在这里看到仙姑的泥塑真身，这不是一件很有意思的事情吗？

传说故事毕竟有些虚幻，展览馆内一块樟木底座的大石碑引起来我的兴趣。蒋小亮告诉我雕刻樟木碑座用了5000元人民币。石碑则是距今1900多年的历史，大名鼎鼎的汉代任尚碑。任尚是东汉初期驻守伊州的一位将领。公元91年，他曾以司马身份到阿尔泰山参与大破北单于的战役。当时，北匈奴同汉王朝争夺东天山十分激烈。北匈奴常常依托西域辽阔的地理优势与汉军周旋，既可以休战投降，又可乘机反叛。公元93年，原臣服于东汉王朝的北匈奴于涂鞬，在天山南北公开反叛汉庭。汉和帝刘肇派长史王辅带兵出关协同当时驻守伊吾的中郎将任尚联兵讨伐。任尚与王辅率精兵强将翻越东天山，以铁骑对铁骑，穷追猛打叛兵，在蒲类海边与叛兵于涂鞬进行了决战，一举打垮了叛兵，并擒斩北单于于涂鞬。

展览馆内还有几口古钟以及一些其他文物。我用手指在最大的一口古钟上轻轻弹了弹，古钟似乎在瞬间从遥远的年代醒来了。它回应我的声音浑厚而又有力，我感到了岁月的厚重，也明白了自己为什么在刚进入这段历史时，脊背上有冷风游动之感——面对历史，我们的责任太重大了。

记得一位史学家说过这样一句话：美国建国只有 200 多年，但是，他们的国土上到处都是文物古迹。中国拥有 5000 年文明史，留下来的东西却非常少。

想一想巴里坤县保存下来的许多古迹，我们真的应该感谢当地的人们，为我们留下的那些不应该忘记的历史。

汉城拾遗

在漫长的冷兵器时代，城墙无疑是一座城池最重要的保护屏障。3 月 18 日，我在现代战争已经进入信息化的时代，走上巴里坤县汉城遗址的城墙。登高望远，春天正在原野上围剿着积雪，巴里坤草原的严冬已经过去，古老的城墙在春风的呼唤下，渐渐复活了。

陪同我游览古城的当地宣传部干部吴海燕，是一位性格开朗的漂亮女士，她从小在汉城城墙边长大，上学期间又经常和伙伴们在城墙上读书或者玩耍，因此，她对汉城的历史有相当的了解。她给我介绍了这样一些汉城的情况：1727

年,噶尔丹策凌作乱,雍正发兵征讨,宁远大将军岳钟琪进兵巴里坤,1731 年,士兵们夯土筑城,修建了绿营兵城,即后来的汉城。从汉城现存城墙来看,汉城呈长方形,东西长近 1600 米,南北宽约 800 米。汉城共有四座城门,目前保存最完好的西门也叫得胜门,或昨胜门。西门取名得胜门的寓意在于清代平定的叛军——准噶尔部在巴里坤之西。每次征讨大军出征由西门出,百姓焚香送行,祝他们旗开得胜。士兵凯旋归来,城里的官民同样在西门迎接得胜之师。

距离汉城 500 米的地方还有一座保存较好的古城——满城,满城修建年代稍晚于汉城。清朝年间,满城主要居住着满人,而汉城则以汉人为主,这也是两座城池名称来历的原因。

我们登上高大的城墙以后,尽管城墙顶部宽度达到了 4 米,吴海燕却产生了恐高心理,这也让她意识到,她已经有许多年没有登上这个熟悉的城墙了。城墙上一簇一簇的枸杞和荆棘,让她立即回到了童年时代。

每年 5 月以后,城墙上面就如同围了一条绿色的丝巾,成了孩子们游戏嬉戏的好地方。男孩子们胆子大,常常在城墙上裂开的洞窟里捉迷藏,女孩子则在城墙上疯跑。到了秋天,枸杞成熟了,她们就跑到城墙上摘枸杞吃。或许是枸杞太有营养的缘故,孩子们吃着吃着,没注意鼻血就流了下来。小孩子的忘性就是大，第二天，爬上城墙，望着红艳艳的枸杞，不知不觉就又吃多了。

我坐在城墙上，俯视着城墙下的民居以及远处依稀可见的土墩，回味着吴海燕的童年趣事，它们就如同发生在我的童年的故事一样，让我对古城墙产生了一种莫名其妙的眷恋。

吴海燕指着远处的土墩说："那是烽燧，巴里坤有许多烽燧。"她的话提醒了我，历史上的巴里坤曾经是兵家必争之地，我们现在驻足的城墙，曾经经历过无数战争的考验。或许历史上的今天，也曾发生过相似的一幕，所不同的只是我们爬上城墙是来寻找一种感觉，而过去的时间段上的人们，来到城墙上则是在焦急地等待着出征士兵们的消息。

城墙外侧一小块带有铁锈色的黄土吸引了我的注意力，我猜想铁锈色可能是古代战争留下的痕迹。我用手轻轻地一抠，黄土包裹着的铁锈色竟然是一个直径 2 厘米左右的铁珠。莫非铁珠是清代最厉害的武器"红衣大炮"攻城的见证？我不敢肯定自己的想法，只好把目光再次投向远方：硝烟已经散去，作古的人们甚至连尸骨也融化了。我们现在是在春天，充满希望的春天。

草原上的鸣沙山

巴里坤县东南方 70 余千米的地方有一片连绵的白色沙山,据说,每年七八月间,遇到外力沙山会发出一种奇怪的声响,因此,当地人也称这些沙山为鸣沙山。同时,这里还是巴里坤县八大景之一的"沙山藏营"所在地。初夏季节,顶着酷暑,我来到了鸣沙山。

巴里坤县地处莫钦乌拉山和天山之间狭长的盆地中部,两座高山融化的雪水以及天山迎风坡丰沛的降水,不仅聚水成潭形成了浩瀚的巴里坤湖,也造就了名扬天下的巴里坤大草原。大自然就是这样神奇,或许它觉得巴里坤草原的绿色太浓, 也可能是在提醒当地人要珍惜优美的自然环境,于是,平坦的大草原上便突兀地耸立起了这些沙山。

为了揭开鸣沙山形成的原因,我听从了巴里坤县文物局局长蒋晓亮的建议,从该县大河镇的石河子梁附近前往鸣沙山。巴里坤县民间有这样一个说法:石河子梁的风冻死狼。意思是指石河子梁风多且大,尤其是冬季的狂风,即使狼也会被冻死。有意思的是,大概是为了考验我们的耐心,我们抵达石河子梁时,一向多风的风口,一丝风也没有。从地形上来看,石河子梁位于大致呈东西走向的巴里坤盆地、靠近莫钦乌拉山一侧的洼地区域。这个位置恰好扼守着从西面宽阔的草原上进入巴里坤盆地气流的要道，难怪这里风大。

离开石河子梁向东南方向行驶了半个小时，巴里坤盆地尽头的高地上耸立着的白色沙山进入了我们的视线。对某些奇特的地理现象，人们总是会展开想象的翅膀，赋予它们人文色彩，鸣沙山也不例外。相传，有一年夏天，樊梨花征西来到巴里坤草原，她发现草原中间的几座白色沙山很适合隐藏兵马，她便指挥一些部队隐藏进了沙山。没有想到，一阵漫天风沙之后，进入沙山的部队全部被白色的沙子吞没了。大概是士兵们觉得死得太冤枉了，从此，每到夏季，沙山上的沙子受到外力作用就发出鸣鸣的声响。

这个故事虽然迎合了人们欲揭开沙山自鸣的原因的愿望，但是，传说毕竟是传说。何况有学者早已经解开了沙山自鸣的成因，鸣沙山发出响声不过是沙粒相互碰撞摩擦的结果。因此，我更关注的是巴里坤鸣沙山形成的原因。

我们抵达鸣沙山之后，蒋晓亮立即从鸣沙山所处的方位上判断出这些沙山形成的一种原因。鸣沙山位于巴里坤盆地东部莫钦乌拉山和天山相接部位，海拔高度在 2000 米左右。从石河子梁吹来的狂风，携带沙粒，一路行进到鸣沙山附近的高地，受高山阻隔，狂风已经进入穷途末路的死胡同，它们只好把携带的沙粒丢在鸣沙山区域，草原沙山就这样形成了。

我们脱掉鞋袜,趟着滚烫的沙子,好不容易爬上一座大沙山,还没有来得及欣赏沙山侧面洼地上绿草环绕的一团碧水,石河子梁方向就腾起一股土黄色烟尘。蒋晓亮说:起风了,赶紧下山。我觉得蒋晓亮的话有点夸张,说话之间,我们所在沙山的迎风面上的沙粒,就如同受到某种感应,飘飘悠悠从山下向山顶扑了过来。这是一道非常奇特的景观,没有尘土,只有滚动的沙粒以及风沙发出的呜呜声,刚开始我以为是自己产生了幻觉,当飞旋的沙粒硬生生的打在我脸上,甚至钻进我的耳朵,我连滚带爬地逃下了沙山。

我们来到水洼处,沙山环绕之中的洼地居然一丝风也没有。据说,沙山深处还有一个面积较大的湖泊,湖泊四周生长着杨树等树木。如果没有亲身体验,我可能不会相信沙山中间有湖泊的说法,但是,眼看着附近沙山迎风面上一层茫茫滚动着的沙子,我们所在的洼地竟然风平浪静,我还有什么理由怀疑神奇的大自然呢?

大河唐城的记忆

大河唐城,一个多么磅礴大气的名称,遗憾的是,现在它只是巴里坤草原上一片残垣断壁了。好在我对巴里坤县的历史还有一些了解，我的脚步时不时就踩上了古城的记忆。

大河唐城位于巴里坤县大河镇地界，西及西北方有大面积的沼泽，东及东北方为农田，古城西南边有一条河水流过，大河唐城的名称由这条河而来。古城周围主要居住着以农牧业为主的哈萨克、汉等民族。从其地理位置来看，尽管巴里坤盆地的湿地出现严重萎缩情况，甚至巴里坤湖也面临着干涸的危险，直到现在通向古城的路径也只有西面的一条路。

一般年份，巴里坤县5月中下旬的天气应该是人体舒适度最好的时间，我们来到大河唐城时却遇上了酷暑天气。在城墙外围走了一圈，除了残存的城墙高度让我有些诧异之外，在我的印象中大河唐城就是一座没有什么内涵的夯土遗址罢了。爬上高约七八米的城墙，抬头迎面与正南方巍峨的天山相遇，我突然产生了一种豪迈之感。或许当年守卫在城墙上的士兵也有同样的感觉吧。

古城呈长方形，建有主、附两城，东西并列，两城间仅一墙之隔，城墙中有门道相通。南城墙中部还有一个高台，我大胆的猜测那可能是类似瞭望台的建筑遗迹。资料显示，古城主城南北长210米，东西宽180米。北墙置马面两个，保存较好的一个宽8米、高9米。目前，权威专家还没有对大河唐城进行过专门研究。

俯视城中萋萋野草，它们似乎也被毒辣辣的太阳晒昏了，以一种干旱缺水的灰白色沉默着。这种情景，让我联想到了曾经生活驻守在城内的古人。进而，我感觉到草丛中似乎隐含着许多秘密，等待着我去揭开。

陪同我采访的巴里坤县文物局局长蒋晓亮给我讲了这样一个真实的故事。

20 世纪 60 年代前后，古城里还残存着许多牛羊等家畜的骨头，生活在古城附近的孩子们下午放学之后有了好去处：在古城里拣骨头挣零花钱。有天黄昏时分，一群孩子满载而归。其中，两个孩子不经意回头望了一眼，他们熟悉的城墙上隐约出现古人骑马奔跑的场景。这两个孩子回到家把看到的情况讲给了大人，当时，大人们并没有在意。第二天，这些孩子又进城了。他们在城西南角发现了古代兵器，于是，孩子们开始在城墙下面挖了起来，没想到城墙突然崩塌，恰恰将前一天看到奇怪场景的两个孩子压死了。从那以后，孩子们再也不敢进城了，到了夜晚，即使在附近耕作的村民们，也不敢抄近路穿城而过了。

故事当中肯定存在传说成分，但是，这个故事却从一个侧面反映了古城遗址积淀的人文气息。

谈到大河唐城，蒋晓亮谦虚地说，他最多只能算一个土专家。但是，在我看来他对这座城市遗址的研究和思考却是严谨、专业的。

蒋晓亮通过在城内采集到的陶器、石器、钱币等文物发现，大河唐城的建筑形制和出土器物，与吉木萨尔县北庭故城所见多有相同或相近之处。《旧唐书·地理志》记载，唐开元二十一年（公元 733 年）设北庭节度使，管辖瀚海军、天山军、伊吾军。伊吾军驻扎在巴里坤境内的甘露川，与瀚海、天山军遥相呼应。由此推断，大河唐城所在地，可能就是史籍中记述的伊吾军屯田驻地甘露川。

遗址是人类的一段记忆，有时候，人们可能会忘记，但是，假如你用心去体会，你就会感受到这些记忆。就如同我穿过城中的草丛，脚底踩到一个硬物，低头一看竟然是一片碎瓦，恰巧旁边有一个深约 2 米的圆形坑洞（古井）。望着这口古井，我看到自己正提着瓦罐在井中打水，瓦罐里冰凉的井水吸引了许多饱受酷热折磨的士兵，他们蜂拥而上，结果瓦罐碎了，冰凉的井水洒了一地，士兵们失望地离开了，甚至水井也在那一刻坍塌了……

蒋晓亮对大河唐城的研究是学究式的。我对大河唐城的关注是感觉，当我明确感觉到古人的存在，触摸到了古城的记忆，我欣慰地告别了大河唐城。

天山岩画叙说着什么

北疆辽阔的草原上，有山脉的区域几乎都有岩画，这些或敲击或凿磨在石头上的图案，穿透数千年历史，以一种近似永恒的神秘萦绕在中亚文明史上。先民们为什么要在石头上留下这些画卷，他们是否有所表达或者暗示？3月19日，我在巴里坤县遇到了一位试图解开天山岩画之秘的人物——彭兴礼。

巴里坤县境内沿天山一带东西长20余千米，宽约3千米的范围内的岩石上分布有4000多幅岩画。其中，比较集中的兰州湾子、八墙子、石人子沟等岩画群，就像一连串神秘的符号，吸引着专家学者。

彭兴礼曾经多年担任巴里坤县文馆所所长，从那时起他就开始关注研究巴里坤县境内的岩画，并且发现了多处未曾记载的岩画。多年来，彭兴礼走遍了巴里坤的山山水水，撰写上万字有关岩画的文字，拍摄了上千幅各种岩画，掌握了大量的一手资料。通过对比研究，彭兴礼发现从岩画的作画方法和敲击凿磨方式判断，巴里坤岩画的制作绝大多数已经使用了金属器。说明是金石并用时代的产物。山羊、绵羊、马、牛、骆驼、熊、怪兽以及狼吃羊等动物题材在岩画中占有绝对优势，形象的再现了当时以游牧经济为主的社会状况。

　　巴里坤岩画人物图像比较少见，但从目前已经发现的人物岩画的体态特征方面来看，这些岩画已经成为我们了解先民的重要图像资料。兰州湾子岩画群中，有一幅头戴尖顶帽的骑者画面，在另一幅岩画中也出现了一个类似戴尖顶帽的骑手。通过查阅资料，彭兴礼发现伊吾县、吉木萨尔县等地也出现了头戴尖顶帽图案的岩画，这恰好印证了史料中对古代塞人记载。

　　塞人，也称塞种，《汉书》中多次提到了这个古代族群。《史记·大宛列传》也记录了塞人。无独有偶，古希腊历史学家希罗多德在其名著《历史》中也记载了斯基泰人的一个分支——戴尖顶帽的斯基泰人。

　　2005年秋天，我曾经就吐鲁番史前时期洋海古墓葬的考古情况，采访过自治区考古研究所吕恩国先生。吕先生告诉我，洋海古墓出土了头戴尖顶帽的尸骨以及绘画木桶，其中，让吕恩国兴奋的是木桶上的绘画与岩画风格极为相似，这无疑在岩画的断代难问题上，为学界找到了突破点。

　　有意思的是巴里坤县兰州湾子遗迹以及正在发掘研究中的东黑沟遗迹等，已经告诉我们，早在数千年前，巴里坤就已经出现了较为发达的文明。

现有研究证实,在漫长的历史上,塞人、匈奴、柔然、突厥、蒙古等先后在巴里坤留下了印记。后来者总是占有前人的地盘,岩画的历史同样跨越了许多时代,直到现在游牧在当地的哈萨克族牧民放牧过程中,依然在石头上刻画他们的理想心得。显然,岩画并不是古人信手涂鸦的产物,岩画就是古代游牧民的语言文字。

巴里坤岩画中还出现了一些类似龙的图案。如果这些真的是龙,那么是谁将龙带到草原上呢?这个发现彭兴礼联想到在西域待了 7 年之久的张骞。在大量的岩画中还有一些类似车轮(也可能是毡房或太阳崇拜),围猎以及无法确认的神秘图案等。彭兴礼认为它们很可能反映了当地先民的宗教意识。

据悉,该县西山冬牧场又发现了大量岩画,天气转暖之后,彭兴礼将对该岩画群进行考察。他还计划走出巴里坤到北疆其他地区考察岩画,通过岩画探寻古西域更多的秘密。

高高的巴掌山

巴里坤县文化广场正面相对着一座小山,小山后面连接着巍峨的东天山。从文化广场方向看小山,山体犹如人工堆砌的高台,换一个方位,小山侧面的形状则如同巨人的手掌,五指和掌心脉络清晰可见。大概正是这个原因吧,小山被当地人赋予了很多有趣的故事成为巴里坤县的标志之一。

3月下旬,我在该县采访,每次一抬头,目光与这座非常显眼的小山相遇,我就产生了一种登上山去察看究竟的想法。但是,看到山坡上斑驳的积雪,懒惰和担心湿滑的心理又占了上风。离开巴里坤县的前一天早晨,我在该县林业局副局长李建疆的办公室偶然又谈起这座小山,李建疆给我讲述的关于这座山的掌故,让我终于下决心要登上小山感受一番。

小山有两个名称,一为巴掌山,一为岳公台。前一个名称因小山侧面的形状而来。后一个名称则与当地的一段历史关系密切。传说雍正年间,清王朝委派宁远大将军岳钟琪率部远征准噶尔;岳部来到巴里坤,发现这座小山背倚雪山,面向草原,山顶野草茂密,山下泉涌瀑布简直是一座天设地造的驻扎军队的好去处,于是便在山顶安营扎寨,操兵点将。后来,岳钟琪的部队征战凯旋,当地人为了纪念这位将军,便将岳钟琪操练兵马的小山称为"岳公台"。

李建疆说,巴掌山距离巴里坤县城只有5千米左右,绝对高度大约200米。山顶是一片面积数百亩,植被茂盛的草原。

　　从远处看巴掌山，这座山不过是一座低矮的山丘而已，然而，当我们一路上坡，气喘吁吁的来到山脚下，小山却如同变戏法似的突然变成一座高不可攀的大山。山体陡峭不说，仅山坡上还没有完全融化，厚度近一米的积雪，就让我们的信心打了折扣。在山脚下踌躇了半天，我们打消了登山的念头。随后，我们选择一块干爽的巨石，座在石头上一边欣赏四周的风景，一边议论着眼前这座有些古怪的小山。

　　由于海拔较高，巴里坤县的春天来得比乌鲁木齐等地晚了许多。远处湿漉漉的大田，山脚处依然覆盖着成片积雪的草原，似乎还没有完全从冬天清醒过来，透着一种荒凉寂寥之意。抬头仰望巴掌山，裸露的岩石上出现一道道水渍，冲破积雪覆盖的灌木枝干，迎接着温暖的阳光，给人一种润泽蓄势待发之感。它似乎是在告诉我们：尽管积雪还没有完全融化，但是，春天的确降临了。

　　至于巴掌山为什么远看矮小，走进了却是另一番景象，我们一致认为是视觉误差造成了对山的判断出现了偏差。巴掌山背面毗连海拔3000多米的东天山主脉，在岩石裸露，巍峨高耸的天山主脉面前，巴掌山自然算不上山了。一旦将巴掌山单列出来，任何人就不能小看低矮的巴掌山了，因为巴掌山的海拔高度也超过了2000米。

　　据介绍，目前，巴掌山已经成为该县一个著名的旅游景点，每年都吸引着众多的游客在这里登高远望，发思古之情，感天地之造化。

兰州湾子蔷薇花开

初夏时节，我来到巴里坤县兰州湾子古人聚落遗址参观，遗址四周大面积绽放的野生蔷薇花，让我突然产生了这样的想法：莫非遍野盛开的蔷薇，就是曾经生活在这里的古人遗留下来的大花园？

兰州湾子古人聚落遗址位于巴里坤县西黑沟沟口，山前台地中心区域，专家认为，遗址是距今3000多年前，生活在今巴里坤草原的古人房屋建筑遗迹，出土的一些器物带有强烈的生殖崇拜色彩。大概是先民们领会到了我们的意图，我们的小车还没有抵达遗址，车窗外便飘来一股淡淡的玫瑰花香，这时我才注意到从远处看到的，遗址区域一簇簇绿色，竟然是高度超过2米的野蔷薇丛，最让人欣喜的是我们正赶上蔷薇花开的季节。繁盛的黄色花朵，犹如栖息在蔷薇枝头的蝴蝶群。微风拂过花瓣，仿佛蝴蝶抖动了翅膀，沉积在花瓣上花香顿时四溢开来。

兰州湾子野蔷薇还有一个非常明显的特征，新疆其他地区的野蔷薇，一般呈连片生长趋势，植株也比较矮小，加上蔷薇枝干上的利刺，一般人轻易不会钻进蔷薇丛，自讨苦吃。这里的野蔷薇却成"聚落"状分布在乱石滚滚山前地区，它们既像古人精心修剪成型的一个个大花篮，又似乎是某种类似人类以血缘聚合在一起的家庭。这种生长特性，让我立即联想到茹毛饮血的兰州湾子古人。

目前，已知兰州湾子附近数万亩的草原上，大大小小分布着许多古人活动保存下来的遗迹，有意思的是凡有遗迹的地方，几乎就有野蔷薇。那么这些分布状态明显有些另类的野蔷薇，是不是与生活在这个地区的古人有关系呢？

假如我们排除了逐水草而安的古人种植了这些蔷薇，那么3000多年前这里的蔷薇肯定比现在茂密得多，后来，有一群古人被明黄色的蔷薇花吸引，来到兰州湾子。然而，由于这里的蔷薇过于茂密，严重影响着人们的出行，何况蔷薇丛中还潜藏着猛兽。于是，为了更好地利用这片土地，古人开始砍伐、修剪蔷薇，并且使用砍伐下来的枝条搭建自己的居所。不久，蔷薇丛中出现了通达四方的路径。又过了许多年，蔷薇丛中古人半地穴式的房屋建造完成了，以前充满野性的蔷薇丛，在人工砍伐、修剪下，现在变成一个大花园。

据介绍，野蔷薇，当地称野玫瑰，兰州湾子因此也被称玫瑰庄园。目前，借助当地的野生蔷薇和人文资源，该地已经成为巴里坤县一大旅游景区。

新疆曲子

　　巴里坤县一向被称为新疆汉民族文化的发祥地，那么这种文化是通过什么样的形式表现的呢？日前，我在巴里坤县偶然欣赏了几位业余人士演唱的新疆曲子，我似乎找到了这种文化的一条文脉。

　　文化是个很宽泛的概念，它融合在生活的方方面面，既包括有形的物质，也有精神层面的东西。在巴里坤县采访期间，我一直被某种东西感动着，譬如街上飘荡着的巴里坤方言，古老的四合院，仙姑庙里的雕塑，沿街蒸馒头的蒸笼，门楣上的对联等等，所有的景物似乎都在诠释着一种浓郁的传统色彩。

　　我试图在该县文化馆借助史料，找到一些具体的东西，不期与走廊上传来的曲子唱腔相遇，循着旋律找到馆长牛顺清的办公室，唱曲子的正是这位热情的女馆长。

　　应我的邀请，牛顺清清唱了《童养媳》中的片段。客观的来说，曲子的旋律对我并没有什么吸引力，我更欣赏的是曲子的歌词，因为，我从歌词中听到了乡村俚语，它们就是来自民间的语言，表达的是普通人的生活和思想感情。"小奴我担水上南坡，大路上迎见娘家哥，路边的石台请你坐，有几句冤屈的话对你说……"童养媳见到娘家人，只能在路边倾诉自己的不幸，仅仅几句歌词就把一个女人的辛酸淋漓尽致地表达了出来，这大概就是曲子曾经深受广大群众喜爱的原因吧。

巴里坤曲子，也称新疆曲子。新疆曲子是甘肃，特别是河西走廊一带大规模向镇西移民的结果。移民带来的方言和小曲子融合镇西地方文化，经过长期演化最终形成了新疆汉语方言和新疆曲子，并逐渐向全疆各地传播开来。新疆曲子使用的乐器有二胡、三弦、板胡。圈内人士欣赏曲子时，可以感觉到其中吸取了眉户剧和花儿的成分。据说，2004年，巴里坤县三塘湖盆地通电以前，曲子还是当地的主要娱乐方式。尤其是每逢结婚等喜事，人们在昏暗的煤油灯下，伴随着曲子和烈性酒彻夜狂欢，一个村一家人的喜事，往往就是全村人共同的节日。直到现在三塘湖盆地还有一群专门演唱曲子的老艺人队伍。

随后，牛顺清叫来其他办公室的三个年轻女子，几个人商量了片刻，又清唱起了《小放牛》的一个片段。

牛顺清在基层乡镇工作了多年，她不仅了解曲子在民间文化中的分量，喜欢唱曲子，调到文化馆之后，她把对曲子的喜好也带到了文化馆。在她的影响下，文化馆近半数人员开始学唱曲子，现在几个人凑到一起，就成了一个曲子剧团。拉的拉，弹的弹，唱的唱，俨然就是一个专业演出队。外人因此戏称文化馆的工作人员"是个人就能唱"。这期间，牛顺清以文化馆的名义与当地曲子研究专家陈建生，达成了进一步发掘整理巴里坤曲子的意向。

牛顺清说，新疆曲子是口口相传流传下来的，2003年，巴里坤县文化人陈建生开始收集整理流传在民间的新疆曲子，并记录了新疆曲子的曲谱。新疆曲子结束只有歌词，没有曲谱的尴尬。目前，巴里坤县已经整理出来的60多部曲子的曲谱都是由陈建生完成的。陈建生所做的工作，为今年年初，新疆曲子成功申报国家非物质文化保护名录奠定了基础。

巴里坤湖的波涛

　　2008 年夏天，巴里坤草原迎来了一场持续数小时的大雨，急剧萎缩的巴里坤湖面积由 30 余平方千米，迅速扩展到 100 多平方千米。现有考古证实，距今 3000 年以前，巴里坤湖的面积还要大得多，湖岸很可能位于天山脚下兰州湾子遗迹附近，也就是说，现在的巴里坤县城及其周边的草原，在历史上曾经是巴里坤湖的湖底。那么围绕着这片湖水，历史上还曾经发生过一些什么样的故事呢？

神秘王庭

　　2007 年夏季，西北大学巴里坤县东黑沟考古现场传来一个让世界考古学界震惊的消息：东黑沟遗址就是北匈奴单于王庭所在地。那么何为单于王庭，世界考古学界为什么对发现单于王庭如此感兴趣呢?

匈奴单于王庭,也就是古代草原游牧民族的"首都",历史文献虽然记载了许多有关单于王庭的地点,但是,由于游牧民族四季游走的特殊性,东黑沟考古宣布发现北匈奴单于王庭之前,中亚考古学界还没有确切的找到匈奴单于王庭报告。

东黑沟遗址位于巴里坤县石人子乡南部山前地带。2005 年夏季,西北大学考古系的专家学者在对东黑沟遗址群进行调查的过程中,在同一个区域内先后发现了 3 座品字形的高台。其中,位于中间部位的中高台,坐南向北,顶部覆盖着小块卵石,四周则用大卵石块垒砌而成。从远处观察中高台,高台居高临下,背倚高耸入云的东天山,俯视风吹草低见牛羊的巴里坤盆地,气势威严,高台的形状以及所处的位置,让人不能不产生某些联想。随后,在以高台为中心南北长约 5 千米,东西宽约 3.5 千米的范围内发现的大量石围居住基址、古墓葬以及岩画群,似乎在向考古工作者做着某种暗示——高台的特殊性。

对高台的性质,专家们认为存在三种可能:住房、墓葬、祭祀场所。其中,多数人倾向于墓葬,也就是说高台很可能是贵族(首领)的墓葬。

在接下来的考古发掘过程中,随着新的线索的出现,专家们不断的修改着高台的定义。2006 年秋天,东黑沟现场传来了这样的消息:从高台所处的位置以及中高台在整个遗址中的特性上,这是一个以中高台为中心的聚落遗址。联系到目前当地依然是现代游牧民族的夏牧场,由此,可以断定在遥远的年代,围绕着巴里坤湖这里可能就是古代游牧民族的一个夏季"中心"。

2007 年秋天,东黑沟遗址田野调查结束之后,东黑沟遗址就是北匈奴单于王庭所在地之一,至于究竟是哪一个北匈奴单于的王庭,有待进一步研究。

湖的传说及历史

巴里坤县东南方是天山,西北部则是莫钦乌拉山,四周高山融化的雪水和泉水溢出汇集形成了巴里坤湖。当地人虽然知道湖水形成的原因,但是,出于种种美好的愿望,民间还是给巴里坤湖赋予了许多故事。另一个原因则是巴里坤湖见证了历史上发生在湖畔太多的故事,以至于当地民间认为巴里坤湖是有灵性的。

巴里坤湖古称蒲类海、婆悉海,元代称巴尔库勒淖尔,清代的蒙古沙、巴尔库尔对音称巴里坤湖。关于巴里坤湖流传最多的一则近代传说:一位汉族姑娘和一位名叫蒲类海的哈萨克族青年合力同破坏湖泊的山魔搏斗，姑娘被压在巴里坤草原上的尖山下，哈萨克族青年扭住山魔同沉湖底。他们用生命为后人换来安宁幸福的生活。为了纪念他们，人们就把尖山下的数股清泉叫做"汉姑泉"，把湖泊称做"蒲类海"。

有人说，一部人类文明史，说白了也就是水的历史。现代考古证实，自从巴里坤湖畔有了人类活动以来，不论是战乱，还是自然灾害，几千年间，这里从来没有断过人烟。哈萨克族牧民迁居巴里坤草原只有 200 来年历史，因此，这个传说只是巴里坤湖的一个片段而已。

史料记载，公元 93 年，原臣服于东汉王朝的北匈奴于涂鞮，在天山南北公开反叛汉庭。汉和帝刘肇派长史王辅带兵出关协同当时驻守伊吾的中郎将任尚联兵讨伐。任尚与王辅率精兵强将翻越东天山，以铁骑对铁骑，穷追猛打叛兵，在蒲类海边与叛兵于涂鞮进行了决战，一举打垮了叛兵，并擒斩北单于于涂鞮。这段记载，告诉我们一个非常清楚的信息：北单于于涂鞮。除了任尚之外，班超、唐朝将军裴岑、姜行本，清朝川陕总督、宁远大将军岳钟琪等都曾将巴里坤一带作为军事要冲和后勤驿站。该县松树塘的山顶曾经矗立过 4 座纪念碑，分别是"班超记功碑"、"汉任尚碑"、"裴岑诛呼延王碑"、"姜行本记功碑"。其中，"裴岑诛呼延王碑"再次提到了一个名字——呼延王。呼延王恰恰是北匈奴的一个单于。

历史传说和现存的碑记以及史料，似乎都归结为一点——北匈奴王庭。

水里的财宝

不知道从哪一年开始，生活在巴里坤湖畔的人们就注意到，咸涩的巴里坤湖水里浮游着一种小虫子。在许多年中，人们除了感慨这种小虫子生命力顽强之外，并没有想到捞取小虫子赚钱。大约在 20 世纪 80 年代，当人们知道小虫子叫卤虫，卤虫的幼体可以卖钱，一向沉寂的巴里坤湖开始热闹起来。

资料显示，卤虫也称盐水丰年虫，我国民间也称盐虫子或丰年虾。卤虫是一种重要的饵料生物和良好的实验动物材料。尤其是卤虫的幼体是仔鱼的优质饵料，因此受到国内外水产养殖工作者的重视。

每年 5 月末，随着巴里坤县气温的升高，湖水里的卤虫开始游动起来，张网捕捞卤虫的季节也开始了，这样的情况一直可以持续到 8 月中旬。广阔的市场前景，丰富的卤虫资源，不久便在当地派生出一个职业捕捞卤虫的民间队伍。

1990 年以后,由于干旱等多种原因,巴里坤湖面积出现逐年萎缩,卤虫产量开始大幅度下降。对于卤虫产量下降的原因,有人认为是过度捕捞的结果,也有人觉得与湖水减少矿化度增高抑制了卤虫生长有关系。

2007 年夏季一场百年不遇的持续降雨之后,巴里坤湖面积短时间内迅速由 30 平方千米左右,扩大的 100 平方千米上下,当人们感谢上苍解救了干渴的巴里坤湖的时候,他们惊讶地发现,湖水里的卤虫也如同爆发了一般,突然多了起来。据说,去年夏季有些捞卤虫的人,一夜之间,捞出来的卤虫就卖了几千块钱。

巴里坤湖水中硫酸钠(芒硝)的储量也非常大,湖底沉积有数米厚的芒硝,按照现在的开采量,巴里坤湖的芒硝可以开采 100 年,目前,该县的硫化碱产量占全国的三分之一。但是,在我看来,巴里坤湖最大的宝藏则是围绕着湖水,延续着的人类文明。

延续的文明

公元前 3 世纪后半叶,匈奴成为一支统一的强大民族,他们由一位名叫单于的首领统帅着,意思为"像天子一样广大的首领"。汉初,匈奴不断南下侵掠。公元前 200 年,围汉高祖刘邦于白登山，迫使汉朝实行和亲，岁奉贡献，并开关市与之交易。汉武帝时国力强盛，大举出兵反击匈奴，匈奴势力渐衰。后来，由于天灾、人祸及汉军的打击，匈奴先后发生过两次分裂：一次是公元前57年左右出现的五单于并立局面。结果是公元前53年呼韩邪单于归汉，引众南徙阴山附近。另一次是公元48年，匈奴日逐王比被南边八部拥立为南单于，袭用其祖父呼韩邪单于的称号，请求内附，得到东汉允许。匈奴又一次分裂，成为南北二部。南下归汉的称为南匈奴，留居漠北的称为北匈奴。

东黑沟考古现场先后清理出密集的用卵石修建的烟熏火燎痕迹的灶坑。灶坑的数量也非常大。古人修建这么多炉灶要做什么呢？随后，炉灶遗迹之间出现的大量陶器残片、动物骨骼、被肢解的人骨残骸等，既为高台的发掘添加了神秘感，另一方面，也为考古工作者提供了揭秘高台性质的线索。

巴里坤县文物局局长蒋小亮说，同一居住基址出现许多灶址，说明高台周围居址并非一般的居住场所。既然不是一般居住场所，唯一的可能就是祭祀等集体活动遗迹。而且，这些祭祀活动应当在相当长的时期举行过多次。那么什么样的人才有能力在这里举行如此盛大的祭祀活动呢？人们开始将东黑沟与北匈奴单于王庭联系了起来。

古代文献的记述中认为游牧民族居无定所，似乎很难留下他们的居住遗址。但是，在中国北方地区的气候环境条件下，冬季游牧是不可能的，牧民们需要寻找避风向阳水草丰富的地方作为相对稳定的居住场所以度过严寒。

　　此外，古代游牧民族的氏族贵族、部落首领和更高的统治者，为了统治方便并从安全角度考虑，冬夏两季也要随着大多数牧民的迁徙而迁徙。在冬季营地需要有氏族、部落以及更高的统治中心，在夏季牧场同样也需要有这样的中心。

　　对于东黑沟是北匈奴单于王庭之说，也存在着争论。新疆维吾尔自治区考古研究所张平研究员认为，东黑沟的考古发现对于研究古代草原文明的进程意义重大，但是，这里是否就是北匈奴的单于王庭，还有待进一步研究。

　　据悉，今年西北大学将对巴里坤县另一个重要的遗迹红山口遗址进行调查测绘，相信随着考古发掘的进行，神秘的北匈奴单于王庭迟早将露出真面目。

红山口埋藏的秘密

去年夏天,巴里坤县红山农场在该县乱石滚滚的红山口开挖水渠时,无意间挖开了一座古墓葬,墓葬中除了一些残缺的尸骨之外,还出土了一些风格古朴的彩陶等器物,挖渠工作人员立即把这件事报告给了巴里坤县文物局。当地文管部门邀请有关专家,对墓葬区域进行考察之后,立即封锁了有关这次发现的所有信息。

那么究竟是谁把墓葬建在了荒凉的红山口,这次偶然的发现背后是否隐藏着什么秘密呢?初夏时节,我来到了红山口。

幻觉红山口

红山口位于巴里坤县东部几十千米远的山前台地,山口背面连接着巍峨的东天山，几棵松树就像守卫山口的士兵，忠实的耸立在遍布红色巨石的山口附近。大概是由于地面石头较多的缘故，从远处观察红山口附近的地貌，红山口显得非常荒凉。

初夏的巴里坤县城内已经露出酷暑的苗头，接近红山口区域，随着海拔升高，天气突然凉爽了下来。恰好遗址处于车辆无法到达的山口附近，我们便弃车步行，沐浴着凉爽的微风，一边欣赏着四周的自然风光，一边向遗址走去。我们轻易地就发现了沿途分布在大小不等的石头上的岩画。这里岩画数量之多，分布之广，让我联想到了一场有组织的、规模庞大的绘画大赛场景。

草原上所有绘画高手都来了，从他们接到通知的那一刻起，他们就确定了自己作品的主题。比赛正式开始了，红山口居高临下的地势，浩如大海的巴里坤湖风光，美丽的红山口草原景色，赋予了画师们灵感的翅膀，他们不仅将自己赖以生存的牲畜等动物记录了下来，而且充分展示了想象的空间，用一些抽象的图案，将狩猎、图腾、太阳等事物表达了出来。画师们高涨的创作热情，从日出延续日落，甚至点燃火把工作到了深夜，以至于草原上彻夜不息的传来画师们在坚硬的石头上凿、磨、雕刻岩画发出的响声。

许多画师把妻子和孩子也带来了。男人们在作画，女人和孩子要么在旁边欣赏男人们的作品，要么围坐在草原上谈论着家长里短琐碎事。

画师们原计划要在红山口一带所有的石头上都留下作品。也许他们做到了，只不过由于年代久远，洪水、风霜等抹掉了他们创作成果，总之，某一天早晨，也可能是夜里，一阵浓雾过后，画师们携妻带子神秘的消失了，他们的王，绘画大赛的组织者以及将军、侍从、牲畜等等也消失了，只留下了岩画以及他们曾经生活过建筑遗迹，等待着后来者。

现在我们来了。我们能够领悟多少先民留给我们的信息呢？

地下的宫殿

巴里坤县文物局局长蒋晓亮接到红山口发现古墓葬的报告之后，立即邀请正在东黑沟遗址主持考古发掘的西北大学王建新教授等专家抵达了现场。经过初步调查以及对出土彩陶的对比研究，王建新教授大吃一惊，表面看来荒凉寂寥的乱石滩，实际上是一片规模庞大的古人留存下来的文化遗址。从草原文化的考古方面而言，红山口遗址无疑是继兰州湾子遗址、东黑沟遗址之后，新发现的又一个保存着难以估量的草原先民信息的"地下布达拉宫"。

草原遗迹考古包括三个方面即岩画、遗址、墓葬，专业术语也称"三位一体"。王建新教授称红山口遗址为"地下布达拉宫"，正是基于这里具备了三位一体的最佳考古条件。其实，除了当地丰富的岩画和墓葬以外，王建新教授最看中的还是红山口遗址排列有序的建筑（聚落）遗迹。因为，有建筑，就有埋藏。发现这些埋藏，就能够获取古人生产生活的信息。

　　蒋晓亮介绍的情况，给我们这些考古门外汉提供了直接帮助，稍微留意一番脚下的石头，我们就发现乱石之中，一些半埋在地下的石头有规则的排列成线形，有些石头则呈现出一种建筑遗址的长方形。接近整个遗址的中心区域，这种排列有序的石头遗迹越来越密集，站在高处观察这些遗迹，几乎任何看到这些石头的人，可能都会产生与我一样的想法：这不正是人类修建房屋垒的石头地基吗？

　　蒋晓亮说，史前时期，由于生产力水平低下，人口数量少，人们抵御大型猛兽以及其他自然灾害的能力较弱，因此古人往往以血缘为纽带生活、居住在相对狭小的空间内。红山口遗址发现密集的建筑遗迹就说明了这一点。这种现象还给我们透露了这样的信息：红山口遗址有可能预示着，在当时的巴里坤草原某种"城邦文明"的萌芽。

蒲公英寓言

正常年份，巴里坤县初夏季节的气候应该是凉爽宜人的，但是，近些年来，由于持续干旱等原因，这里的气候已经发生了很大的变化。

据介绍，在十几年前，红山口台地上的石头并不像现在所看到的这么多，因为那时候当地的植被还很茂盛，其中，锦鸡儿花等灌木的高度一般都在一米以上，但是，现在这些灌木的高度多数已经不足 50 厘米。植被变矮了，石头自然就显露了出来，再加上这里的石头主要是暗红色的花岗岩，无形中进一步加重了红山口的荒凉感。

生命毕竟是顽强的。在石头没有覆盖的沙砾土壤上，东一簇、西一片的针茅等植被披着生命的绿色，迎接着我们几个好奇的拜访者。石头遗址旁边绽放的一朵小黄花引起我关注。刚开始，我以为小黄花是毛茛花，走进一看，竟然是一朵只有成人小拇指甲大小的蒲公英花。干旱或许还有营养的缺乏，让这株蒲公英几乎完全变形了。它的叶子好像已经退化了，如果不仔细辨认，人们甚至可能会认为发现了一个新物种。

我打开矿泉水瓶盖，将整瓶水献给了蒲公英。这一刻，我仿佛看到一粒粒顶着羽毛伞的蒲公英种子,向空中飞去。它们把自己的命运完全交给了风。它们可能会随着上升的气流飞越天山,也可能会暂时被树枝挽留,悬挂在高处歇息许多日子。但是,只要找到栖息的土壤,哪怕这片土地是贫瘠的,它们就会生根,发芽,擎起灿烂的小黄花,完成一次平淡,却又充满辉煌色彩的生命接力。

人类文明的延续不也正是如此吗?先民们在久远的年代来到了巴里坤草原,他们在片土地上生活了许多年,留下众多遗迹,然后,出于许多种原因他们又离开了。也许他们从来也不曾离开过这片土地,他们一直生活在这里,只不过随着后来者新鲜的血液补充,他们的面貌、体型等等都发生了变化。以至于后来的我们已经忘记了祖先的模样。忘记了我们的祖先曾经在这里居住、生活。

草原的故事

采访过程中,我顺便参观了正在搭建中的电影《狼灾记》的影视城。电影城的规模不可谓不大,但是,我更感兴趣的却是电影《狼灾记》故事情节。据说电影改编自日本著名作家井上靖的同名小说,叙述的是距今 2000 多年前发生在西域草原上的传奇故事。

　　这个小小的插曲立即让我想到了巴里坤县的兰州湾子、东黑沟以及即将发掘的红山口等史前时期草原文化的遗存。难道这仅仅是一种巧合？

　　若干年，巴里坤县兰州湾子遗址的考古发掘，曾经引起国内外考古界的关注，2005年开始的东黑沟草原文化遗迹考古，历时三年，研究工作虽然还没有完全结束，发现匈奴王庭遗址的考古成果就震惊了世界。没有发掘之前，我们尚且无法判断已经列入西北大学调查项目的红山口遗址，在未来的发掘过程中还会给我们带来什么样的惊喜。但是，即将开拍的电影《狼灾记》却以一种惊人的偶然性，即将为我们复原一段史前时期的草原历史画卷。

　　蒋晓亮曾经跟随《狼灾记》导演田壮壮参加了外景地选址全过程。据说，田壮壮来到巴里坤县之后，一眼就选中了当地辽阔的草原，当他了解了发生在巴里坤草原上人文历史，他被这里深厚的草原文化底蕴俘获了。今年3月，蒋晓亮还接待了德国考古研究院欧亚研究所副所长一行十几位德国学者，他们先后参观了兰州湾子遗址、东黑沟遗址，随后又来到红山口。对中亚草原文化颇有研究的这位副所长郑重提出了一个请求，他希望能够与中国学者一起研究红山口遗址。2007年，意大利东方大学布鲁诺教授以及俄罗斯、荷兰等国的专家学者也纷纷来到巴里坤草原，他们的目的只有一个巴里坤草原上丰富的草原文明遗迹。

我到巴里坤草原采访之前，蒋晓亮偶然见到了《狼灾记》里的一些演出服装，他感慨的告诉我，多年从事考古研究工作，接触的都是间接的东西，蓦然发现历史上的人物就在自己身边，他不假思索的就把电影和历史联系在了一起。

我国学者在巴里坤县的考古发现，国外学者对巴里坤草原的关注，以史前草原文明为背景的电影拍摄选址巴里坤草原，这一切似乎都在诠释着这样一个结果——巴里坤果然是片神奇的土地。

写到这里，我觉得有必要说明一点，目前，红山口遗址的确切方位依然属于保密范围，在没有正式发掘之前，当地文物部门谢绝任何媒体的采访。我的采访属于特例。

车师古道:山那边的世界

横亘在亚洲腹地的天山将新疆分成了气候迥异的南疆、北疆两大区域,自古以来,居住在南、北疆以及期望在高耸入云的天山中找到一条通道的人们,揣着山那边有什么的好奇心,在万山丛中不停探索。人类的好奇心和冒险精神最终得到了回报:一条条穿越天山的古道出现了。随着新的通途的开通,许多曾经繁忙的古道又恢复了沉寂。

2008 年 8 月 22 日,一个细雨蒙蒙的日子,我带着与古人相似的心理,从吉木萨尔县启程,踏上了著名的车师古道……

路边墓葬

前一天午后,车师古道四周的天山山脉堆起浓重的云。

吉木萨尔县委宣传部副部长罗瑜忧心重重地说：明天恐怕上不成山了。第二天，一大早，我拉开宾馆的窗帘向外张望，吉木萨尔县城竟然也变成了一个水淋淋的世界。我只好先采访其他内容，等待云开日出。然而，直到中午天气依然没有好转的迹象，我不想再等待下去了，罗瑜也不好说什么。于是，冒着蒙蒙细雨，我们出发了。

吉木萨尔县城距离车师古道山口不足 40 千米。离开县城不久，我们便进入山前台地区域。据说，这场雨是入夏以来，当地迎来的头一场雨水。此前，持续的干旱，早已经熄灭了大地上所有的绿色。或许正是这个原因吧，久旱之后的细雨，似乎具有某种神奇的魔法，曾经荒凉颓废的大地，在绵绵细雨滋润下泛出成片复苏的新绿色。大自然就是如此神奇，这种神奇的魅力，是因为它本身就非常强大，并且掌控着所有的生命。

公路沿线的丘陵上出现几座墓葬。细雨、绿草，依偎着丘陵与山川大地融为一体的墓葬。这一刻，我惊诧地感觉到死亡其实也是一种幸福。就像埋葬在坟墓中的逝者，他们曾经也像我们一样，整天忙于生计，忙于所谓的理想，结果却常常迷乱了方向，失去了自我。

现在他们好了。他们重新还原成不同元素，高高伫立在丘陵上，以一种永恒的姿态，注视着我们这些依然在现世的路途上奔忙的后来者。或许,他们已经复活了,只不过换了一种生命方式,正在享受着雨水带来欢乐。他们也可能正在羡慕我们呢,就好比我们对彼岸的想望一样。

我给罗瑜讲了我的这种感受。罗瑜奇怪地望着我说:"我从来没有觉得死亡是幸福。"

我相信曾经行走在这条古道上人们,从踏上起点之时,思考的无疑是山那边的幸福和希望,但是,他们却逃不出这样的宿命:走着走着,就走进了永远也回不来的历史。

山巅的雪

接近山口时,气温明显下降了。透过蒙蒙细雨,我看到绵延不绝的松林以及山巅薄薄的雪。怎么会这样呢?我突然意识到,秋天来了。在我们不经意之间,秋天,这个充满收获的喜悦,又让人无奈的季节真的降临了。

前方孤零零出现一个骑马的行人。他所处的位置地势很高,他的出现显得有些突兀,并且不合时宜。我们的越野车缓缓超过这个人。我注意到马背上是一个哈萨克族牧民。他的衣服几乎被雨水湿透了,浑身瑟缩着。阴郁的天空,潮湿黯淡的如同傍晚,前途未卜的古道。他要去哪里,为什么要在雨中行走? 马致远的散曲《天尽沙·秋思》,描述的大概就是这样的场景吧。

牧民远远的落在我们身后。我们进入了山谷,也就是车师古道上的大龙沟。山谷一侧松林掩映着一道深谷,可以听到哗哗的水声。

泥泞的古道阻止了前进的车轮。雨继续下着。罗瑜来了精神:"想不到雨中的车师古道这么美。来,下车给我拍几张照片。回去发到 QQ 空间,让大家看看车师古道的美景。"

据说,在几十年前,山口四周的山体上,茂密的松林曾经是多种野生动物的天堂,山谷内则是一派原始风光。后来,由于人类的砍伐行为,森林险些消失。我们现在所看到的森林只是幸存下来了一部分而已。不过,在我看来目前的森林分布情况景致也不错,有山、有水、有草、有灌木,还有错落有致的松树。

不久,天似乎亮堂了许多。抬头仰望山巅,缠绕在山上的云团飘向天空,洁白厚实,犹如天外来客一般的雪,在更高的山顶显露了出来。原来,我们前面看到的所谓山巅上的雪,不过是山腰部位的残雪罢了。

雨中路人

雨渐渐停歇了。我想徒步走进更深的山谷,却无奈湿滑的泥水和寒冷的天气。罗瑜看了看天空，说："马上还要下（雨）。"
我理解他的意思。但是，我在等一个人。说白了，就是等待那
个骑马的牧民。

半小时之后，牧民来了。他叫哈金，20岁。早晨，他带着
两壶牛奶和一包酥油送回了山外的家，现在正往回赶路。他
的200多只羊，在20千米远的大山深处等待着主人。

哈金说话的时候，嘴唇有些发抖。我请他下马，到车里
暖和一下身体。哈金腼腆地笑了，他抖了抖肩膀说："2个小
时就到了。不冷。衣服湿了……"

我笑着说："你不是牧民。"

哈金疑惑地看着我。

"牧民出门不可能不看天气。"我指着天空说。

合金明白了我的意思。"我不冷。热得很。一会吗，出汗
呢。"哈金认真地说。

哈金是山外泉子街镇牧民，家也在泉子街镇。大龙沟是
他家的夏牧场。从17岁开始，每年6月中旬，哈金便独自赶
着羊群进山了，8月底或9月初下山。山外天气最热的时
候，哈金的父母以及一些亲戚也会进山住几天。因此，在夏
牧场的多数时间里，哈金都是独自守护着羊群度过的。多年
往返于车师古道的游牧经历，哈金对这条牧道充满了感情。
他说他的夏牧场所在地，比这里宽阔，草好，景色也异常漂

亮。城市里的生活,包括汽车等等,在他看来都是好东西。但是,这些东西都是别人的。他似乎从来没有想过离开牧场。

哈金告诉我,前几年,山谷里除了进出的牧民,很少见到陌生人。这几年人多了,特别是一些背着包袱的走路人,脑子好像有毛病一样。哈金想不通这些在他看来是有钱的人,为什么要背着大包袱爬山。

让我感到纳闷的是哈金竟然不知道山的对面是什么地方。

山的那边

车师古道又称金岭古道,唐代名称为"他他道"。车师古道全程约80余千米,古道那一头是吐鲁番。资料显示,自汉唐以来,车师古道就是连接丝路中道与北道的捷径。尤其是在车师六国时期,这条古道将车师前王庭和车师后王庭连接在了一起,车师古道之名即由此而来。

著名学者薛宗正先生在其著作《北庭春秋》一书中,对车师古国做了细致研究。

公元前4至公元前3世纪,东天山北麓出现了以蒲类国为盟主的山北六国部落联盟。车师首次出现在史料中,被称为姑师。活动区域为天山南部。西汉开通西域之后,伴随着西汉与匈奴的战争,蒲类为首的山北六国衰落了。车师为首的部落联盟在匈奴支持下逐渐形成,并取代了山北六国的历史地位。由此引起车师人的历史分化,一支车师人翻越天山进入天山北麓,称为车师后部;一支由今鄯善县境内西迁以交河古城为中心的吐鲁番盆地,即为车师前部。其中车师后部为其盟主,在这种情况下,联系两支车师人的天山通道车师古道出现了。

据悉,相对于其他穿越天山的古道来说,车师古道是一条非常好走的道路。最大的障碍是大山深处一座海拔 3400 米的达坂。确切地说这个达坂,不过是雄伟的东天山中部一个豁口而已。达坂西面耸立着直插云霄的博格达峰。

达坂西面有一个石砌建筑遗址,残高约 4 米,直径在 10 米以上。石碓间立有多根木桩,有人认为遗址是古代观测站或烽燧;还有专家考证,这个遗址就是史料记载的龙堂遗址。

从大龙沟到龙堂遗址全程约 25 千米,其间要经过 6 道桥梁,二道桥至五道桥之间,残存着十余间建筑遗迹,以及一些石磨等器物,还有一些幽深的人工开凿的石洞。据考证,这些遗迹和器物是清代年间,淘金者留下的。

吉木萨尔县文物局张丁说,从西汉到唐代年间,是车师古道最重要的时期,并且具有重要的军事战略作用。因此,这条通道并不是一条一般意义上道路,它很可能还带有关隘或要塞后功能。简单地来说,在一段很长的历史时期内,凡是要通过车师古道人可能必须具有"通关文牒"之类的证明。

据说,至今吉木萨尔县和吐鲁番两地依然利用这条古道进行牲畜转场。

沙漠中的草湖

在新疆,尤其是新疆北部有许多叫草湖的地方。草湖,顾名思义,即水草丰茂之地。你知道吗? 干旱缺水的欧亚大陆腹地的塔里木盆地不仅有沙漠,也有草湖。那么这个草湖在什么地方,沙漠中的草湖会是什么样的呢?

遥远的草湖

2008 年初冬时节,我在库车县采访,听说该县塔里木乡还有一个称谓叫草湖。细细打听一番,我意识到草湖是个非常有意思的地方。于是,我们驱车 100 多千米,来到了遥远偏僻的草湖。

在赶往草湖途中,我心里多少还有一些遗憾,总觉得季节有些不对头:初冬季节能够欣赏什么样的草湖景色呢? 到达塔里木乡政府，与乡党委副书记胡平奎随便聊了几句，我开始庆幸我们来得正是时候了。

得益于塔里木河水的滋润，草湖区域历史上就是库车县主要的畜牧基地。密集的水泽河道、滩涂草地和农田，不仅滋养出了这里的名牌塔里木小山羊、长绒棉等，也给蚊子提供了优越的生存环境。

胡平奎是去年秋天来到草湖的。假如不是随后而来的冬天解救了他，他很可能早就逃离草湖了。罪魁祸首就是草湖的蚊子。

那么草湖的蚊子究竟严重到什么程度呢？

胡平奎是这样说的。每年 7~8 月，是草湖蚊子最嚣张的时候，尤其是早晨和傍晚，如果你坐在室外，飞舞的蚊子发出的响声，就如同头顶盘旋着一架波音飞机一样。闭着眼睛，两个手掌拍一下，黏在手掌上的死蚊子足够你数上半天。为了防止蚊子叮咬，当地农牧民在劳动或者外出活动时，不得不穿上厚厚的外衣，戴上手套，面部和头部则戴着防蚊罩子。

草湖夏天的温度，一般都在 35 摄氏度以上，试想在这样的天气条件下，情景会是什么样的呢？有些来到草湖打工的外地农民，耐不住炎热和汗水，脱下手套，还没有来得及摘下防蚊头套，整个手就变了颜色。手怎么能变颜色呢？等你醒悟过来变色的皮肤,就是手上爬满的疯狂的蚊子,接下来的几天受罪的日子就来了。对蚊子叮咬免疫力强的人还能挺过去,敏感性皮肤的人,甚至需要打针治疗。

在草湖捕鱼

草湖位于塔里木河中游低洼地带,同时,这里还是塔里木河,渭干河的泄洪区,因此即使冬春季节,塔里木河水系枯水时期,这里的河沟、洼地也是满盈盈的。水多、草多,鱼类自然也不再少数。

库车县干部华宝曾经在草湖生活过很多年,他离开草湖之后,唯一让他怀念和留恋的就是在这里捕鱼的时光。

草湖的鱼,实际上就是塔里木河水系的鱼。大概在20年前,当地人打鱼,除了准备好渔具之外,还必须得弄一辆车。至于车的用途,说起来简直太奢侈了:专门拉运战利品——鱼。即使你不会打鱼,也不会为没有鱼吃而烦恼。放一渠水,灌溉一次农田,鱼自然就来了,缺憾只是这样来的鱼个头小了一些而已。

近年来,草湖的鱼虽然少了许多,但是,相对于新疆绝大多数地方来说,草湖人是幸福的,因为,直到现在当地人依然不屑于捕捞小鱼,一般人也不习惯吃小鱼。他们觉得收拾小鱼太麻烦,还有一点就是小鱼刺太多。

在草湖捕鱼,人们主要使用网或者在水坑了下迷魂阵网。随着垂钓爱好者的增加,现在钓鱼者也越来越多。在这里垂钓,必须要做好随时都可能钓上大鱼的准备工作,否则钩上大鱼,就不可避免会出现大鱼扯断渔线,挣断渔杆脱逃现象。

草湖鱼的品种现在主要以草鱼、鲤鱼、狗头鱼为主。当然,你要是想弄点鲫鱼,河沟、水塘、芦苇湖……总之,凡是有水的地方,就有这些生命力异常强悍的家伙。在大一些的水坑里,抓到几条一两千克重的大鲫鱼,是一件很平常的事情。

我在塔里木乡政府附近的鱼摊,见到了一堆大草鱼。摊主说,草鱼是收购来的塔里木河野生鱼。我掂起一条鱼,重量估计在 3 千克以上。

胡平奎说,这些鱼太小了。去年,有个打鱼人,弄出来一条一米多长的大草鱼。一条鱼,可以做一桌子菜。

黑瓜传奇

在塔里木乡喀拉托乎拉克村采访结束之后,临走前村干部请我品尝当地的特产黑瓜,说话之间他们便搬来一个纸箱。打开纸箱，里面躺着四个大小均匀的黑皮甜瓜。原来所谓的黑瓜，就是伽师瓜。

村干部不动声色的拿出一个黑瓜，切开，红瓤黑皮，甜瓜就如同刚刚从瓜蒂上摘下了的一样。初冬季节能够见到这样的瓜的确很难得。我拿起一块瓜，观察瓜肉，瓜肉似乎有些透明或者是亮晶晶的样子，就像阿克苏冰糖心苹果浸润着油色的糖心，我知道这些"发光"的东西，是糖分过高，果糖结晶的结果。

同伴们赞不绝口的吃着。我咬了一口，冰凉、清脆、甜如蜜，还有一种爽口的香味。我意识到这黑瓜不是伽师瓜。

胡平奎是个非常精明的人，他把握着时机开始给我介绍有关黑瓜的情况。

黑瓜，在库车县也称草湖瓜，是当地最好的甜瓜品种。黑瓜除了具备新疆优质甜瓜的众多优点之外，最典型的特征就是耐储藏，一般情况下，摘收的黑瓜经过一段时间晾晒，储藏到来年三月，也不会影响其品质。

我们品尝的黑瓜是喀拉托乎拉克村农民依米提·依明的瓜。

黑瓜的种植也很有意思。头年入冬前，对瓜地进行秋翻，然后冬灌。来年4月，直接在湿润的沙土地上点播就可以了。黑瓜的整个生长期既不用浇水，也不用施肥。瓜农只要抽空拔掉瓜地上伴生的杂草,到了 10 月,黑瓜收获的季节,一般每亩产量都在 2 吨左右。前些年,瓜农们在地头就把大部分瓜卖了,只留下一小部分瓜储藏起来,自己家食用或者招待客人。近年来,黑瓜名声远扬,当地农民开始大量储藏黑瓜,待价而沽。

谈到黑瓜的品质,胡平奎认为是塔里木乡的水土和苦豆子造就了黑瓜。塔里木乡土壤盐碱非常严重,也可能是物极必反的缘故,黑瓜就适应了盐碱地。至于苦豆子则是黑瓜的主要植物肥料之一。当地瓜农秋翻瓜地的传统,有很大一个原因就是通过秋翻,将瓜地中茂盛的苦豆子埋入地下,经过一个冬季的沤制,来年成为黑瓜的肥料。

据说,黑瓜最远销售到新加坡、台湾等国家和地区。但是,在我看来最有口福的还是库车县荒原上的石油工人。他们在黑瓜上市时就开始大量采购了。

唐王城之谜

其实,我来草湖的目的,并不仅仅是因为这里的蚊子和鱼。还有一个原因就是草湖的唐王城。

塔里木乡唐王城遗址,维吾尔语称大黑汰沁古城,意为汉人城。库车县的一位朋友恭喜杰给我介绍了这样一些有关唐王城的情况。城垣保存较好,城垣外侧有马面,四隅残存角楼遗迹,西垣有城门遗迹,宽 10 米,外有瓮城。南垣外侧还有一圈城垣,东西长 250,南北长 100 米。城外西北有三处呈一字形排列的土丘,上残存台基,靠西处有四间用土坯垒砌的房址。地表采集的遗物有陶、木、铜器、龟兹小钱范及"乾元通宝"等。

据说,在唐王城周边荒草丛中,还分布着许多古城和建筑遗址,在这些遗址中,出土了大量古代文化遗物。那么古人为什么要在这样一个遥远偏僻之地,建立城镇,大黑汰沁古城为什么称唐王城呢?

草湖,不愧为植物的世界。胡平奎虽然知道唐王城距离塔里木乡政府 10 千米左右,但是,我们在荒草萋萋的原野上摸索了几十分钟,也没有找到唐王城的影子。无奈,胡平奎只好返回乡政府寻找向导,我们只好在原地等待。

一个小时以后,在向导库尔班·克然木的带领下,我们从古城城墙遗址的一个豁口进入了唐王城。遗址内生长着耐旱的骆驼刺等植物,地面上布满牲畜的蹄印和新鲜羊粪,显然,这里经常有牧民的羊群光临。草丛中还可以见到腐朽的木桩、碎陶片等。遗址中间部位的土台上,有掘挖的痕迹,城墙根基部位也有几个大大小小的土坑。

库尔班·克然木说,那些坑是来考察这里的专家留下的。

古城遗址的现状,让我有些失望,不过,紧临着城墙南部,一个夯土筑的大"院子"里面的情况,让我们兴奋了起来。"院子"地面上的木建筑构件、陶器碎片、枯井遗迹,还有厚厚的畜粪堆积,立即让我联想到北疆地区牛羊圈。

　　自治区考古研究所张平先生曾经对唐王城进行过详细地调查研究,他从唐王城的建筑形式和占地面积断定,唐王城应该是当时安西军政府管理屯田和军镇驻地或军马饲养基地,即相当于安西都护府所设置的牧使或牧监机构。

　　库车县龟兹研究专家裴孝增先生说,安西都护府迁至龟兹以后,为了西域的军事驻防力量,先后从中原增调了数万士兵驻守安西四镇。龟兹地区战马饲养数量最高的时候达到2700匹。如此庞大的一群军马,需要大量的饲草料。草湖地广人稀,草料充沛,唐王城是安西都护府所设置的牧使或牧监机构所在地是可信的。

　　不过,专家们可能忽视了这样一个问题,草湖夏季天气炎热,蚊虫太多,气候环境根本不适应饲养战马。那么这究竟是怎么回事呢? 答案其实也很明了,这里的确是养马基地,只不过到了夏季,他们可能借鉴了牧民迁徙的方式,把战马转移到了气候凉爽的山区。

木扎提湿地的夏天

慵懒的黄牛走过布满水渍的草甸，硬邦邦的牛蹄子在草甸上戳出一串浑浊的小水坑。黄牛回家了，小水坑里的水清澈了，它们就像木扎提湿地的眼睛，默不做声的注视着蓝盈盈的天空……

静静的木扎提河

7月初的塔里木盆地骄阳似火，我要寻找一个清净凉爽的地方，洗刷浸入骨髓的酷热，不曾想，转眼之间，我就陷入了面积192000亩的木扎提湿地。于是，有了开头的文字以及随后我所了解的木扎提湿地。

在过去的几年中，我只知道木扎提河是流经拜城县的一条大河，进入新和县境内之后，木扎提河的名称改为谓干河,最终这条河携带着年径流量接近 22 亿立方米的水汇入了滔滔塔里木河。或许是地势平坦的缘故吧,汛期的木扎提河,除了河水比较浑浊之外,并没有人们想象的一泻千里的气势。在我看来,木扎提河更像一位呵护这片土地的温柔女子。

木扎提湿地,准确的称木扎提河流域湿地。木扎提河闯关过隘,进入库(库车)拜(拜城)凹陷之后,平缓的河道以及河道两侧肥沃的土地,为湿地的形成提供了条件,也正是这个原因,木扎提湿地呈现出沿河分布,狭长弯曲的特性。湿地中不仅分布着众多草本和木本植物,还有大量的动物。

我来到湿地的时,温巴什乡养鱼人陈罗德,头顶草帽,手里握着一根顶部系着红布的长竹竿,站在长满野草的鱼塘堤岸上张望着,他正在巡视他的鱼塘。陈罗德巡视鱼塘防备的是鸬鹚。这个季节鸬鹚的数量是最少的时候,如果在春天,周围上千亩鱼塘的养鱼人,从早到晚一刻都不敢放松,吹哨的,敲鼓的,扯开嗓子吼叫的……总之,为了防止成群的鸬鹚从天而降,钻进鱼塘抢鱼,人们把能想的办法都使出来了。今年春天,有家鱼塘的主人一时疏忽,结果数百只鸬鹚钻进了鱼塘,不到一小时,一口鱼塘里的几千尾鱼苗变成了鸬鹚的美味。

每年春季,冰雪刚刚融化,天鹅、野鸭、鹈鹕、水鸡、灰雁、鹳、鸥等水禽就赶到了湿地，它们嘹亮的叫声，即使在漆黑的夜里也不会停止。它们要么将这里当成了迁徙途中的临时歇脚点，要么找一处隐蔽的草丛安下家来。进入5月，水草漫过人的脚脖子的时候，你在湿地间行走，草丛里冷不丁就会穿出一两只惊慌失措的幼鸟，你还没有回过神来，扑通一声，幼鸟便潜入了纵横连片的水坑或者水道逃之夭夭了。

泉水与女人

吐拉罕·阿别特把毛驴车停在公路上，自己提着两个塑料壶，小心翼翼的踩着陡峭的路基下到公路对面的湿地打水去了。这一会儿，我才注意到穿越湿地的公路像一堵坚硬的墙将湿地分成了两部分。我在湿地的这边，吐拉罕·阿别特在湿地那一边。

顾不得脚下湿滑松软的草地和泥水，我径直向公路走去，即将爬到公路上的时候，我看到对面的红头巾，接着吐拉罕·阿别特的身影出现了。我对着吐拉罕·阿别特喊了一声，意思是让她等等我。吐拉罕·阿别特站在碧绿的草地上，疑惑的望着我。下公路的时候，脚底下一滑，我险些栽下路基。

吐拉罕·阿别特是温巴什乡农民，早晨她赶巴扎路过湿地的时候打了两壶泉水,现在要回家了,她得把空壶装满水带回去,因为,这里的泉水是甜的,凡是住在河对岸温巴什乡的农民经过湿地,多多少少都要打一些泉水,这是一种习惯。

汛期的木扎提河流淌着一河泥汤,依偎着河水的湿地却是一个草绿水明的世界,如果你喜欢,随意挖个小坑,涌流的泉水很快就能够淘尽泥沙,用一汪清凉的碧水满足你的心愿。不过,你根本不用花费这样的周折,何况这种行为对湿地还是一种破坏。公路沿线的湿地上,前人挖好的清泉足够你饮水嬉戏。

塑料壶装满了,吐拉罕·阿别特向脑后抹了一把头巾,掬了一捧水,痛快淋漓的扑到脸上,她的这个举动让我产生了随便找个水坑,在自然的环境,沐浴着阳光,洗个澡的念头。

洗澡还是一个念头,蚊子到来了,这些贪婪的吸血鬼,先是透过衣服悄悄发起进攻,等我察觉之后,大大小小的蚊子便不顾一切地向我扑来。连拍带打折腾了好一会儿,效果并不明显,急中生智,我点燃一根香烟,总算逃过一劫。从湿地返回拜城县之后,我猛然反应过来,午后是不应该有蚊子的时候,我遇到蚊子只能有两个解释,要么是我走进了蚊子的家,捣扰了它们的清净,引起蚊子的报复;要么就是木扎提湿地的蚊子数量太多,竞争过于激烈,以至于许多蚊子午休的时候,一只眼睛还在观察周围的猎物。

黄牛与小鱼

慵懒的黄牛走过布满水渍的草甸,硬邦邦的牛蹄子在草甸上戳出一串浑浊的小水坑。黄牛回家了,小水坑里的水清澈了,它们就像木扎提湿地的眼睛,默不做声的注视着蓝盈盈的天空……

吐拉罕·阿别特说,奶牛吃了这里的草,产的牛奶特别好。

木扎提湿地植被种类繁多,其中草本植被绝大多数是优质牧草,因此,绵延数十千米长的湿地,历来就是拜城县最重要的夏季草场。三三两两的黄牛在草甸上闷头啃着草,我向着距离我最近的一同黄牛走去。这种景象让我想起童年时代,在故乡的湿地间追逐黄牛时的情景。表面上温厚老实的黄牛,骨子里也有欺负弱者因子。在一群鼓噪的孩子面前,黄牛尽管不甘心,但是,为了不受影响它享受嫩草的美味,黄牛会趟着泥水,躲到清静的地方眯缝着眼继续就餐。如果是一个孩子戏弄黄牛,结果往往是相反的。我就经历过这样尴尬的事情。

同伴们在河里捞鱼，我偏偏对草地上的一头黄牛产生了兴趣，呼喊着跑向黄牛，没有想到黄牛掉转头来，乜斜着牛眼竟然直愣愣地盯着我，丝毫没有退让的意思。我壮着胆子，继续向前，黄牛的眼神分明发生了某种变化。这次我领教了牛的厉害。

木扎提湿地似乎随处都流淌着人类童年的记忆。观察黄牛的空隙，我低头扫了一眼脚下的浅水沟，清澈的水里竟然游弋着一群小鱼。从湿地距离县城的情况来看，这里不过处于城市郊区罢了，小水沟里尚且分布着一群一群的小鱼，那么木扎提河以及遍布湿地的大大小小的水坑里的情况会怎么样呢？

拜城县林业局总支部书记武玺成告诉我，木扎提河以及湿地的水洼里还生活着国家一级保护动物新疆大头鱼。据说，这种曾经广泛分布在塔里木河流域的珍贵鱼种，目前，也只有在木扎提河流域能够见到。这种说法可能存在谬误，但是，木扎提河下游的克孜尔水库是全疆最大的大头鱼繁育、放养基地却是真实的。

长满野草的稻田

据说，我们所在的位置就是木扎提湿地的核心区域，通俗地说，也就是这一带浓缩了温带干旱地区湿地所应有的典型特征。草甸、水泊、水生植被、鱼类、鸟类等等，总之，我所看到的木扎提湿地就是一个浑然天成的世界。

不过，这其中也有一些例外。湿地上还分布着一些长满野草的格子状区域，远离木扎提河的草地上，还有一条同样长满野草的长沟。这些东西可不是自然形成的，它们是人类补偿自己的过失留下来的记忆，或者可称之为我们认识了湿地之后，对自己曾经犯过的错误的一种反省。

土地和水是人类赖以生存重要条件。历史上，我们围绕着土地和水发生的争执不胜枚举，何况是面对广袤的湿地，我们自以为是取之不竭的大自然资源。20世纪80年代中期以后，居住在木扎提河两岸的人们把目光投向了沿河分布的湿地，不久，水稻田出现了，鱼塘也出现了。为了排出积水种植旱地作物，有些村民开始在湿地上挖排水渠。幸好人们及时意识到了自己的错误，稻田开垦出来没有几年，许多村民在收割完最后一季水稻之后，便放弃了这些肥沃的水田，随后野草又迅速夺回了自己的领地。排水渠从开挖的那一刻似乎就注定了其失败的命运。木扎提湿地沿河呈带状分布的情况，注定了湿地隶属于拜城县多个乡镇村落的现实，一个村庄要想在低洼的湿地上开渠排水，营造肥沃的旱田，势必牵扯到其他乡村，其难度可想而知。这种情况对于当地村民们来说,肯定是一件糟糕的事情,但是,对于整个湿地来说却一件幸事。

近年来,随着人们生态保护意识的提高,拜城县加大了对当地湿地的保护工作,木扎提河流域湿地被列入了"新疆湿地保护工程规划"之后,该湿地的保护工作终于走上了法制化轨道。武玺成告诉我,湿地保护是一项长期的工作,未来几年,拜城县将把木扎提湿地建成良好的自然生态保护区。

托市尔峰自然保护区

离开温宿县，我们径直向着白雪皑皑的托木尔峰自然保护区疾驶，接近保护区边缘的时候，层层叠叠的大雪山躲进千变万化的云堆，绿茵茵的山体，仿佛凝固的碧浪，一波簇拥着一波，将巍峨的天山推向遥远的高天。

从荒漠到草原

温宿县是塔里木盆地一个田园诗般的小城市，满目的清脆之色，空气中弥漫着稻花的香味，曲线似的掩映在树阴里的公路，远处犹如耸立在天庭的大雪山……总之，如果待在城里，你很快就会忘记城市外围那些寂寥的荒漠。

我们抄小路径直向横亘在西方空中的大雪山进发，一不留神，却陷入了漫无边际的戈壁荒原，穿过一列寸草不生小山系,茫茫无际的雪山,恰似大自然塑造的千万堆冰雪阶梯,绵延无期的通向神秘天庭。高天上的天庭固然诱人,但是,我们首先得穿越横在雄伟的天山与我们刚刚经过的小山之间,形成的一个宽阔山谷。大自然就是这样奇妙,高天里奢侈的堆着万年冰雪,谷地中却因为严重干旱缺水,成就了典型的干旱荒漠草原的景观。

接近山区的时候,天气凉爽了下来,天山前山区的山地草原,以一种南疆大地罕见的生命绿色向我们敞开了怀抱。令人欣喜的是碧绿的山地草原上还点缀着密集的花朵,其中,成片成片金黄色的蒲公英,犹如草原上的花神,引领着群花从山前台地,一直攀上了海拔3000米以上的高山区域。密集的蒲公英花丛中一种紫红色的花朵,不甘寂寞的挺起高傲的花冠,我感觉有些陌生,停下车来,仔细一看,原来是豆科植物棘豆。在我的记忆当中,棘豆是新疆草原上的一种有毒植物,又称"醉马草"。棘豆盛花期以及绿果期,毒性最强,对马的危害也最厉害,马儿一旦误食棘豆,便会出现类似醉酒症状。不过,事物总是有着两面性,棘豆虽然有毒,牲畜避之唯恐不及,它又是一种药用植物,具有清热解毒、生肌愈疮、涩脉止血、通便等功效。

沿着牧业转场在山腰间开辟的简易公路,我们来到进山后第一个山口,路边立的一块碑刻上赫然写着"托木尔峰自然保护区"等字,我们已经进入托木尔峰自然保护区。

　　资料显示,新疆托木尔峰国家级自然保护区位于阿克苏地区温宿县境内,属森林生态系统类型自然保护区。保护区东西长 105 千米,南北宽 28 千米。托木尔峰自然保护区始建于 1980 年 6 月,2003 年晋升为国家级自然保护区。

奇特的冰川

　　我被眼前的灾难景象震撼了。我不知道山谷里究竟发生了什么变故。四周是海拔 3000 米以上碧绿的群山,迎面而来的山谷则如同经历了一场地下核爆炸,准确地说,似乎核爆炸只发生了一半,它的能量摧毁了坚硬的岩石,将它们从地下翻腾了出来, 随后又丢下酥松的堆满山谷的灰白色的岩石偃旗息鼓了。或许正是这样的原因吧,山谷中的乱石给人一种强烈的冲击和压迫感, 那情景仿佛没有完成的核爆炸随时都可能再次发生, 静止的乱石则积蓄着能量准备倾泻而出,吞噬我所处的山口。

　　实际上,山谷中什么也没有发生,我所看到的不过是科其喀尔巴西冰川罢了,这条冰川至少已经存在了几十万年了。

　　发源于海拔 6300 米科其喀尔峰的科其喀尔巴西冰川,全长 26 千米,冰层最厚的地方超过了 200 米,即便如此,科其喀尔巴西冰川在托木尔峰自然保护区内也不过是一个较小的冰川而已。那么托木尔峰自然保护区内的冰川还有什么秘密呢?

我们从山口下到海拔 2900 米处,中科院寒区旱区环境与工程研究所设在科其喀尔巴西冰川的观测点,副研究员韩海东给我介绍了这样一些情况。

保护区从第四纪以来,由于地壳运动和气候变化,曾发生过多次冰期与间冰期,留下了丰富的冰川作用遗迹。较为典型的有木扎提河和台兰河的第四纪冰川遗迹。国内外专家对这一地区的冰川研究十分重视,托木尔峰冰川区,不仅是天山最大的冰川作用中心,而且也是世界上著名的山岳冰川区之一。因此,在世界冰川领域托木尔峰冰川区的冰川也被称为托木尔型冰川。

冰舌长大,补给主要依靠降雪以及雪崩等是托木尔型冰川显著的特点。科其喀尔巴西冰川表碛覆盖,占整个冰川表面积的 30%~40%,尤其是冰舌部位,由于海拔仅在 3000 米左右,以及乱石下面冰层的融化,不停变幻表碛形态,因此,在一派草绿花艳好风光的山间,猛然见到乱石滚滚的科其喀尔巴西冰川,对人的心理的确是一种考验。科其喀尔巴西冰川表面虽然丑陋,表碛下面的冰川却如迷宫一般分布着冰井、冰洞,纵横密布的冰下河道。

据介绍,作为我国少有的高山保护区,托木尔峰冰川区在自然地理、干旱区野生动植物及其生境等方面都极具科研价值。

塔格拉克即景

塔克拉克是托木尔峰自然保护区内一片美丽的草原,距离温宿县 90 千米,其核心区域位于高山凹陷形成的盆地内,海拔在 3000~3200 米。塔格拉克草原西南方向,有一个通向雪山区域的山口, 透过山口可以看到近在咫尺间的雪山, 陪同我采访的塔格拉克牧场副场长吐尔逊·土木尔说,山口正对着的高山就是科其喀尔巴西冰川的发祥地科其喀尔峰,南面云雾笼罩的地方就是托木尔峰。

塔格拉克草原地表植被基本保持着一种原生态状况,从事先了解的情况来到,保护区内高等植物接近 400 种,还有众多真菌、地衣等。野生动物主要包括陆栖脊椎动物 77 种以及大量昆虫等。国家一级重点保护动物有雪豹、北山羊、金雕、玉带海雕、胡兀鹫。

我们抵达塔格拉克草原时, 游牧在当地的牧民正围在草场中心部位的围栏,观看围栏内给马注射疫苗的情况。牧民们大多穿着棉、毛衣等厚衣服,而我们却赤膊露臂一身夏装,立即引起牧民们的关注,这种情形让我有些尴尬。凑到人群中观望了片刻,一向喜欢凉爽,对寒冷采取蔑视态度的我,终于招架不住这瑟瑟逼人的寒意,找了一座毡房钻了进去。几分钟以后,我不得不逃出了这个没有生火,冰窖一样的毡房,钻进了另一座烟囱上冒着淡淡白烟的毡房。

毡房的女主人是阿依加玛丽·木哈泰,22 岁,怀着 6 个月的身孕。除了牛羊以外,这个家庭还放养着 50 来只小鸡。小鸡是 6 月 10 日在温宿县城买的,20 日,这个家庭就迁徙到塔克拉克。8 月 20 日下山的时候,这些小鸡就长大了。塔格拉克草原上牧民都有放养鸡的习惯,这些鸡极少生病,也不用人工饲喂,市场价格非常好。

说话间,空中飘来一团云,接着下起冰雹。不一会,云彩飘向毡房门正对着的一座石质山峰,随后,云朵就像挂在了突兀的岩石上,缠缠绵绵的与山交织在了一起。

我以为滚烫的奶茶可以帮助我抵御外面的寒冷了,在草原上溜达了不到半个小时,寒气已经进入了我的骨髓。正好空中又飘来一块云,随即洒下几滴雨水,借口避雨,我一头钻进车内。牧民们似乎已经习惯了当地的气候变化,不管是冰雹、雨水还是飘落的雪花,他们照常聚集在围栏边,关注或是参与给马打疫苗的工作。

遥望托木尔峰

在温宿县城内,遥望群峰环绕,海拔 7435 米的托木尔峰,高大的雪山就如同天空的一部分,冷丝丝的注视着荒凉的塔里木盆地。在塔格拉克草原凝视托木尔峰,曾经神圣,遥不可及,耸立在云端上的大雪山,露出真实的一面,这种情形就像走下了神坛的领袖,让我意识到托木尔峰就像地球上所有的山一样,也是在地壳运动过程中诞生的地质现象罢了。

青灰色的岩石,白色的冰雪,寂静的天幕,理不清剪还乱的云……透过这些熟悉的景象,我总感觉托木尔峰还有一些不同的东西,这迫使我不得不重新审视云端上的托木尔峰。

吐尔逊·土木尔说,塔格拉克草原离托木尔峰大概在 40 千米左右,距离我们还远着呢。或许是这里空气太纯粹的缘故,刚开始,我对吐尔逊·土木尔的这个说法持有怀疑,托木尔峰分明就在山的那一面,怎么可能有 40 千米路程呢? 翻开地图,查看一番,我明白了吐尔逊·土木尔是对的。

再次遥望托木尔峰,我似乎领悟了萦绕在托木尔峰这个冰雪世界中,那个与众不同的东西给我的启示。

科其喀尔巴西冰川在最近几年当中，已经向高海拔区域退守了近 40 米，托木尔峰的冰雪也在悄悄融化，峡谷会变成高山，大海会成为陆地，托木尔峰也有倒塌的那一刻，世界没有恒久不变的事物。正因为如此，我们才需要信念以及理想，支撑我们敏感的灵魂，守住生命每一天。